HERBERT VON BRUCK

***

DER POLIZEISENDER

www.tredition.de

Verlag und Druck:
tredition GmbH, Halenreie 40-44, 22359 Hamburg

ISBN
Paperback: 978-3-347-39300-4
Hardcover: 978-3-347-39301-1
e-Book: 978-3-347-39302-8

Der Polizeisender

Herbert von Bruck

Kapitel - 1
Der Polizeidirektor

Die Wolken hingen grau und schwer vom Schnee über München, Hauptstadt der von Prinz Luitpold regierten konstitutionellen Monarchie Bayerns.

Es war der 18. Februar 1910, als wie gewohnt Julius Freiherr von der Heydte sein am Englischen Garten gelegenes Haus verließ, die Tageszeitung aus dem Briefkasten entnahm und zur nahegelegenen Trambahn-Haltestation ging.

Die Nacht war sehr kalt gewesen und die Temperatur lag wohl im zweistelligen Minusbereich. Jetzt um etwa Neun Uhr war es nicht mehr ganz so kalt, der Schnee knirschte unter seinen Füssen und die zweihundert Meter bis zur Haltestation empfand Freiherr von der Heydte eher als unangenehm.

An der Station angekommen, dauerte es nicht lange, bis die Trambahn bimmelnd ankam. Der Schaffner stieg aus und wartete, bis alle Passagiere eingestiegen und Platz genommen hatten. Die Trambahn bot zwar nicht den allerhöchsten Komfort, aber es war trocken und durch die volle Besetzung entstand auch etwas Wärme.

Der Schaffner wies einen Passagier an, den Sitzplatz für von der Heydte frei zu machen, dann beugte er sich tief nach unten und sagte: Guten Morgen Herr Polizeidirektor. Andere Fahrgäste nahmen respektvoll ihre Hüte ab und grüßten ebenfalls.

Freiherr von der Heydte war seit 1906 Polizeidirektor der Polizeidirektion München. Heydte war schon immer ein sehr ehrgeiziger und zielorientierter Mensch gewesen.

Nach dem Studium der Rechtswissenschaften und dem ersten Staatsexamen folgten Vorbereitungspraxen in Amts- und Landgerichten, dem Bezirksamt und einer Anwaltskanzlei.

Drei Jahre nach dem ersten Staatsexamen bestand er die Assessor Prüfung und war anschließend als Praktikant in den Bezirksämtern München bzw. Günzburg und der Regierung von Oberbayern beschäftigt .

Danach wurde er sofort ins Staatsministerium des Innern übernommen und mit der Karriere ging es unaufhaltsam weiter nach oben.

Nach seiner Zeit als Bezirksamtmann von Berchtesgaden kam zunächst die Beförderung zum Regierungsrat, wiederum drei Jahre später zum Oberregierungsrat und schließlich im beinahe gewohnten Drei-Jahres-Rhythmus die Ernennung zum Polizeidirektor.

Diese Position passte exakt zu seinem Naturell. Von der Heydte war ein ausgeprägter Gerechtigkeitsfanatiker mit analytischem Denkvermögen.

Die einzelnen Kriminalfälle seiner Zeit ließ er mit großer Energie verfolgen und hatte stets die Aufklärung der Fälle zum Ziel.

Zudem hatte sein Wort auch in der Öffentlichkeit großes Gewicht.

Von der Heydte war an diesem Tag ungewöhnlich nervös für seine Verhältnisse und konnte daher die Tageszeitung nicht wie sonst bis zur Ankunft lesen.

Er konzentrierte sich nur auf die Leitartikel dieses Tages.

„Seefalke wieder zurück in der Heimat„ und „Die Welt ein Kriegsarsenal" waren die aktuellen Themen. Der erste Artikel bezog sich auf das zwischen verschiedenen europäischen Staaten geschlossene Regelwerk zum Internationalen Seerecht. Die Seefalke war ein deutscher Schlepper und hatte an einer Übung teilgenommen.

Im zweiten Artikel ging es um die enorme militärische Aufrüstung verschiedener europäischer Länder, darunter auch des Deutschen Kaiserreichs und die ehrgeizigen Pläne Kaiser Wilhelms, eine starke deutsche Kriegsmarine aufzubauen, die der englischen Kriegsmarine ebenbürtig sein sollte.

Auch wurde in diesem Artikel unterschwellig hinterfragt, wo diese gewaltige Aufrüstung hinführen könnte. Dies alles war aber von der Heydte nicht so wichtig. Seine Gedanken befanden sich in einer ganz anderen Welt.

Neben seinem Engagement im Ministerium hatte er größtes Interesse in Bezug auf moderne Technologien. Speziell ging es um die von Guglielmo Marconi entwickelte drahtlose Funktechnologie, die den drahtlosen Austausch von Nachrichten über große Distanzen ermöglichte.

Als vier Jahre zuvor vom Reichskanzleramt eine Studie in Auftrag gegeben wurde, die den zivilen Aufbau von einem Funknetz im Deutschen Reich zum Inhalt hatte, war von der Heydte sofort mit allergrößtem Einsatz dabei.

Es ging ihm nicht allein um die neue Technologie. Bayern war Anfang des zwanzigsten Jahrhunderts ein reines Agrarland. Sah man von wenigen Industrieunternehmen wie z.B. Siemens ab, gab es überwiegend Landwirtschaft und Bayern lief damit Gefahr, im Reich abgehängt zu werden.

Politisch gesehen hatte sich schon während der Regentschaft König Ludwigs II wenig getan. Der Märchenkönig hinterließ seinen Bürgern zwar kunstvolle Traumschlösser. Nebenbei wurde aber ein tiefes Loch in die Staatskasse gerissen und ferner wichtige politische Entwicklungen verpasst.

Sein Nachfolger, Prinz Luitpold samt seiner Entourage, war politisch ebenso schwerfällig bis desinteressiert. So blieb Bayern im Vergleich zum übrigen Reich rückständig und dies galt es zu ändern.

Im Deutschen Reich waren bereits fünf Funkstellen gebaut worden und weitere drei in der Planung. Von der Heydte wollte unbedingt erreichen, dass sein Heimatland wieder Anschluss an die moderne Zeit bekommt. Er wurde dabei von einer Reihe von Ministern und Staatssekretären unterstützt.

Allerdings gab es auch massiven Widerstand im Parlament und vor allem von dem rückwärtsgewandten Prinzregenten. Dieser verabscheute alles was neu war und wollte stattdessen lieber den Bauernstaat weiter fördern.

Nach einer Reihe von Sitzungen, die mit sehr viel Pathos geführt worden waren, sollte am heutigen Tag, dem 18.02.1910, eine Entscheidung getroffen werden.

Von der Heydte hatte im Vorfeld verschiedene Studien zur technologischen und wirtschaftlichen Machbarkeit akribisch ausgearbeitet und in glühenden Reden auch versucht, die Zukunft Bayerns im Reich zu skizzieren.

Mit seiner kompetenten Art war es ihm dabei gelungen, den Kreis der Befürworter zu erweitern. Die ewig Gestrigen konnte er jedoch nicht erreichen und so lag alles in der Hand derjenigen, die bis dato noch unentschlossen waren.

Daher führte ihn der heutige Weg nicht in sein Büro ins Polizeipräsidium in der Ettstraße, einem ehemaligen Augustinerkloster in der Münchner Altstadt, sondern in das bayerische Parlament in der Prannerstrasse.

Dort sollte der hierfür akkreditierte Ausschuss unter Leitung des Prinzregenten über die Zukunft des Projektes abstimmen.

Die Fahrt zog sich hin, denn aufgrund des nächtlichen Schneefalls musste die Trambahn immer wieder anhalten, damit das Personal den Schienenstrang von Schneehaufen befreien konnte.

Letztlich kam er dann doch kurz vor Beginn der Sitzung an und wurde im Foyer des Parlaments bereits von mehreren Mitstreitern erwartet, darunter Major Karl Brose aus Berlin mit zwei Begleitern seiner Abteilung.

Diese trugen eine etwa ein Quadratmeter große Holzkiste und ferner einen etwa zweimeterlangen Zylinder ebenfalls aus Holz herein.

Brose ging auf den Polizeidirektor zu und begrüßte ihn beinahe überschwänglich. Na lieber Heydte wie geht es Ihnen ? Haben Sie gut geschlafen ? Wir werden das Kind schon schaukeln oder ?

Sie unterhielten sich kurz über die beschwerliche Anreise aus Berlin mit dem Zug, da über Deutschland eine dichte Schneedecke lag und der Zug immer wieder anhalten musste. Brose war seit vorgestern in der Hauptstadt und logierte im Bayerischen Hof am Promenadeplatz.

Brose kam als offizieller Gesandter der Reichskanzlei und durfte mit Erlaubnis des Prinzregenten ein Referat zum Thema halten.

Von der Heydte kannte ihn schon etwas länger. Seit einem Jahr hatten sie regelmäßigen Kontakt und so wie er selbst war Brose technikaffin und schwadronierte gern mit höchster Begeisterung zu dem Thema.

Heydte wusste ansonsten nicht sehr viel über ihn. Major Brose leitete die Abteilung III b im Kanzleramt und berichtete direkt dem Kaiser.

Darin sah Heydte eine große Chance, zumal ihm Brose versichert hatte, dass der Kaiser selbst den Bau der Anlage befürwortete.

Mit dieser Unterstützung stiegen die Hoffnungen auf eine positive Entscheidung.

Über seine Verbindungen in Berlin wusste von der Heydte, dass diese ominöse Abteilung III b eine Art Geheimdienst nach britischen Vorbild und der Leiter tatsächlich dem Kaiser direkt unterstellt war. Von der Heydte maß diesen Dingen keine besondere Bedeutung bei.

Er sah lediglich den praktischen Nutzen seiner Berliner Verbindung und war schon sehr gespannt auf den Vortrag des Majors.

Merkwürdig fand er nur die zivile Kleidung des ranghohen Offiziers. Sonst war Brose bei den in Berlin oder München stattgefundenen Treffen immer in seiner preußischen Uniform gekleidet und verhielt sich auch wie ein zackiger Offizier.

Vielleicht war es Taktik oder dem Umstand geschuldet, dass auch der Prinzregent an der Sitzung teilnehmen würde und ein Preuße in Uniform die Stimmung negativ beeinflussen könnte.

Seis drum, wichtig war allein die Erreichung des Ziels.

Ein Adjudant des Prinzregenten kam die Treppe herunter und bat die im Foyer stehenden Männer in den Sitzungssaal.

Kapitel - 2
Die Entscheidung

Der Sitzungssaal war einer der größten Räume im Gebäude.

Die Wände waren mit edlem Holz vertäfelt und die in etwa drei Metern Höhe befindliche Decke war reichlich mit Stuck verziert. An der Ostseite befanden sich große Fenster, sodass die Lichtverhältnisse optimal waren.

Die Tische waren in U-Form aufgestellt und an der Stirnseite stand ein schwerer Eichentisch, der dem Prinzregenten und seinen Beratern vorbehalten war.

Als Heydte und seine Begleiter den Raum betraten, waren schon einige Minister, Staatssekretäre und hohe Beamte anwesend.

Auf den Tischen waren Namenskärtchen platziert und so nahm die ganze Gesellschaft Platz.

Ein Diener in Livree gekleidet stand an der doppelflügeligen Türe aus massiver Eiche und läutete eine kleine Glocke. Dies war das Zeichen, dass nun der Prinzregent samt Gefolge in den Saal kam.

Die anwesenden Herren erhoben und verbeugten sich ehrfürchtig, als der Prinzregent den Saal betrat und majestätisch zu seinem Platz ging und sich setzte.

Erst danach nahmen auch alle anderen ihren Platz ein und für einen Moment war es totenstill.

Nach einer kurzen Ansprache wurde von der Heydte das Wort erteilt.

So wie es seiner Persönlichkeit entsprach, hatte sich der Polizeipräsident akribisch auf diesen Moment vorbereitet. Für ihn ging es nicht nur um die Bewilligung eines Bauwerks, sondern auch um die Gestaltung der Zukunft seines geliebten Landes.

Er spannte einen weiten Bogen von der neuen Technik mit all seinen Möglichkeiten bis zum für das Land wichtigen Fortschritt.

Am Ende des Vortrages bedankte er sich unterwürfig für die wohlwollende Zustimmung des Landesherren, dieses Projekt im Plenum vorstellen zu dürfen und für die Aufmerksamkeit der übrigen Minister und Staatssekretäre.

Heydte nahm wieder Platz und registrierte einen eher mäßigen Applaus. Danach durfte Brose referieren.

Im Gegensatz zu seinem Vorgänger schritt Brose in die Mitte des Saales und stellte sich in unmittelbarer Nähe zu dem auf einem Tisch abgestellten Holzkasten.

In beinahe völlig überzogenem Pathos bedankte er sich zunächst im Namen des Kaisers für die Einladung und die Möglichkeit, zu dieser Angelegenheit einen Vortrag halten zu dürfen. Es entging von der Heydte nicht, dass einige der Anwesenden sichtlich beeindruckt waren vom Auftritt des kaiserlichen Gesandten.

Brose tat so, als ob er dies nicht bemerkte und fuhr fort. Auch er verwies auf die eminente Bedeutung des Projektes und als er nach wenigen Sätzen zur Technik der Anlage referieren wollte, gab er seinen Mitarbeitern ein kleines Zeichen.

Diese eilten herbei und entfernten den Holzdeckel des auf dem Tisch platzierten Kastens und klappten anschließend die Seitenteile herunter.

Zum Vorschein kam ein detailgetreues Modell der geplanten Funkanlage mit allen Gebäuden und natürlich den beiden Funktürmen.

Ein Raunen ging durch den Saal und Brose wusste sofort, dass es allein in seiner Hand lag, die Anwesenden zu überzeugen.

Zunächst deutete er auf ein dreigeschossiges Haus in gelber Farbe.

Hier meine Herren werden die Polizeifunker samt ihren Familien untergebracht. Die Wohnungen sind sehr geräumig und nach dem neuesten Stand der Technik ausgestattet. So befindet sich etwa in der Mitte der Räumlichkeiten ein großer Kachelofen, der so ausgelegt ist, dass damit die ganze Wohnung beheizt werden kann.

Das Bad und die Toilette sind natürlich getrennt und im Bad befindet sich ein kleiner beheizbarer Wasserboiler und selbstverständlich eine Badewanne. Die Herren lachten und so lockerte sich etwas die Stimmung.

Die Doppelfenster garantieren auch bei größerer Kälte die erforderliche Wärmedämmung und zu jeder Wohnung gehört eine kleine Parzelle für den Anbau von Gemüse für den Eigenbedarf.

Brose deutete mit seinem rechten Zeigefinger auf einen kleinen Garten direkt vor dem Haus, der mit einem kleinen Holzzaun, der auf einen Betonsockel montiert war, umgeben war.

Auf der anderen Seite war ein eingeschossiger Anbau im Karree, sodass sich in der Mitte ein kleiner Innenhof befand.

Hier war sogar ein kleiner Fahnenmast mit der bayrischen Flagge in das Modell eingebaut.

In diesen Räumen meine Herren wird die ganze Funktechnik untergebracht. Dies ist sozusagen der Arbeitsplatz der Funker. Vor dem Haus und in der Nähe eines Funkturmes werden jeweils ein Bunker gebaut.

In diesen unsicheren Zeiten halten wir es für geboten, den Schutz unserer Mitarbeiter zu gewährleisten. Brose streckte seinen rechten Zeigefinger nach oben und deutete damit die Gefahr möglicher Luftangriffe an.

Dann kam er zum wesentlichen Teil seiner Rede - die beiden Funktürme. Einer sollte etwa 80 Meter hoch und etwa 50 Meter vom Haus entfernt positioniert werden.

Der andere war mehrere Hundert Meter entfernt und ragte etwa 110 Meter in die Höhe. Das Fundament der Türme bildeten jeweils vier mächtige Betonklötze mit einer Kantenlänge von knapp 4 Metern und einer Höhe von etwa 3 Metern.

Auf technische Details ging Brose bewusst nicht ein. Einerseits traute er den Anwesenden in dieser Hinsicht wenig Sachwissen zu und andrerseits wollte er keine Angriffsflächen für die Befürworter des Agrarstaates liefern.

Daher machte er einen Schwenk zu einem bisher nicht bedachten beziehungsweise erwarteten Thema. Nämlich dem Standort der gesamten Anlage betreffend. Nun gab er wieder ein kleines Zeichen an einen seiner Mitarbeiter.

Dieser eilte mit einem Stativ und dem mitgebrachten Holzzylinder an die offene Seite der Tischformation. Nachdem er das Stativ mit wenigen Handgriffen aufgestellt hatte, zog er eine große Landkarte aus dem Zylinder und hängte diese auf.

Dann zog er noch einen Holzstab aus dem Zylinder und übergab diesen Brose.

Nun begann der beinahe geniale Schachzug des preußischen Majors. Wie er an die Informationen gekommen war, blieb sein Geheimnis.

Er wusste aber, dass die Standortfrage selbst bei den Gegnern des Projektes nie ausreichend bedacht worden war, für die Entscheidung allerdings sehr wichtig sein konnte.

Nun meine Herren fuhr Brose fort. Wir haben lange überlegt, wo diese Anlage gebaut werden soll und haben nur etwa 30 Kilometer vom Stadtkern entfernt, südwestlich von München, einen idealen Standort entdeckt. Wie Sie auf der Karte sehen, verläuft nördlich der Anlage ein kleiner Fluss, die Amper.

Dieser Fluss ist an den Ufern stark bewachsen und hat eine hohe Fließgeschwindigkeit. Daraus ergibt sich ein natürlicher Schutz vor Neugierigen.

Ferner liegt dieser Standort weit weg von den nächsten Ortschaften und da das Gebiet ziemlich bewaldet und schwer zugänglich ist, sollten Unbefugte ferngehalten werden.

Dies war entscheidend dafür, dass die Wohnungen der Angestellten mit höchstmöglichen Komfort gebaut werden, damit sich die Menschen auch wohl fühlen.

Die Versorgung der Funkerfamilien wird mit einem monatlichen Gütertransport aus München sichergestellt.

Ach ja, beinahe hätte ich es vergessen. Zu jeder Wohnung gehört eine kleine Laube für die Entspannung oder wahlweise gemeinsame Abende mit den Kollegen.

Dieser Standort hat noch einen weiteren Vorteil.

Da er sehr abgelegen ist und man von außen wenig erkennen kann, dürften die umliegenden Bewohner nicht den Zweck der Anlage erkennen und so können beunruhigende Gerüchte vermieden und für das Land Bayern kann ungehindert geforscht und entwickelt werden.

Das hatte gesessen. Ein Raunen ging durch den Saal und Brose spielte wieder den Unterwürfigen. Er wandte sich dem Prinzregenten zu und machte wohl den tiefsten Diener seines Lebens.

Eure Majestät, ich versichere Ihnen, dass im Falle einer positiven Entscheidung eine Signalwirkung für das ganze Königreich Bayern entsteht und der technische Fortschritt ungeahnte wirtschaftliche und kulturelle Entwicklungen zum Wohle des Landes bringen wird.

Ich möchte ferner nicht versäumen darauf hinzuweisen, dass der Kaiser höchstpersönlich dieses Projekt unterstützt und daher von Berlin die Hälfte der gesamten Kosten übernommen werden.

Er machte noch eine leichte Verbeugung in Richtung der übrigen Anwesenden, bedankte sich für die Aufmerksamkeit und ging zu seinem Platz zurück.

Nicht nur von der Heydte sondern auch alle Übrigen waren sichtlich von Broses Auftritt beeindruckt und so konnte bereits der Verzicht des Landwirtschafts-ministers auf seine Rede als gutes Omen gewertet werden.

Die Gesellschaft samt Prinzregenten zog sich nun zu Beratungen in diverse Nebenräume zurück. Nur Heydte und Brose blieben auf ihren Plätzen.

Als alle draußen waren drehte Brose sich zu seinem Nebenmann und sagte mit einem breiten Grinsen: Na Heydte, ich sagte doch bereits, wir werden det Kind schon schaukeln.

Heydte war immer noch stark beeindruckt, nickte leicht mit seinem Kopf und starrte wie gebannt auf das Modell der Anlage.

Brose stand auf und ging in Richtung Ausgang. Ick brauch mal frische Luft und dann zog er grinsend eine Zigarre aus der Innentasche seines Jacketts.

Nach einer halben Stunde kam er zurück und wenige Minuten danach füllte sich wieder der Saal.

Der Prinzregent ergriff das Wort. Meine Herren ich will es kurz machen. Wir haben bereits im Vorfeld in langen Debatten das Für und Wider erläutert und abgewogen. Ich gebe zu, dass eine gewisse Skepsis nie gänzlich zerstreut werden konnte.

Aber der heutige Vortrag des jungen Gesandten unseres Kaisers war so beeindruckend für mich, dass ich mir durchaus ein Gelingen dieses Projektes vorstellen kann.

Ich möchte die Minister und Staatssekretäre daher bitten, mir ihre Loyalität dem Königshaus und vor allem dem Königreich gegenüber zu zeigen und meinem Beispiel zu folgen.

Im Saal brach Jubel aus und man applaudierte dem Monarchen. In diesem Fall, sagte der Prinzregent, ist wohl eine Abstimmung unnötig geworden und wandte sich anschließend mit strengem Blick Brose zu.

Junger Mann, Sie haben es geschafft, mich zu überzeugen. Aber ich warne Sie, enttäuschen Sie mich nicht. Denn dann werde ich sie persönlich zur Verantwortung ziehen.

Brose schoss direkt aus seinem Stuhl hoch und verbeugte sich abermals so tief er konnte. Eure Majestät. Ich versichere Ihnen, dass ich alles in meiner Macht stehende unternehmen werde, damit das Projekt gelingt. Ich danke Ihnen von ganzen Herzen.

Der Prinzregent verließ nun den Saal und es bildeten sich kleine diskutierende Gruppen. Die meisten versammelten sich um das Modell und die Landkarte.

Es war bereits später Nachmittag und langsam wurde es dunkel. Brose gesellte sich zu dem Polizeipräsidenten. Heydte wissen Sie was, jetzt wird gefeiert. Ich habe bereits im Bayrischen Hof ein Dinner arrangiert und möchte Sie herzlich dazu einladen.

Heydte war überrascht und angetan von dieser Herzlichkeit. Er hatte aber andere Pläne für diesen Abend und sagte mit großem Bedauern ab. Macht nichts sagte Brose, wir finden bestimmt einen anderen Termin.

Aber jefeiert wird auf alle Fälle oder ? Heydte nickte und lächelte. Ja lieber Brose, das lassen wir uns nicht entgehen. Ehrenwort!

Er ging zur Garderobe und holte seinen Mantel und den Hut. Dann lief er die Treppe hinunter und rannte auf die Straße. Er hätte in diesem Moment vor Stolz und Freude platzen können.

So viel Arbeit und immer gegen den Widerstand der ewig Gestrigen. Nun war es geschafft und er konnte sich in der kommenden Zeit der Realisation des Projektes widmen. Er hätte am liebsten die ganze Welt umarmt oder wenigstens München.

Die Luft war klar und aufgrund der Minustemperaturen knirschte der Schnee unter seinen Füssen.

Es schneite wieder, aber nur leicht und im mageren Schein der Straßenlaternen ging er die Prannerstrasse etwa 500 Meter stadtauswärts und bog dann in eine kleine Nebenstraße ein.

Er kannte den Weg. Die Gegend war ihm vertraut. Wieder bog er ab und je näher er seinem Ziel kam, desto nervöser wurde er.

Heydte schaute sich mehrfach um, als wenn er Angst vor einer Verfolgung hatte.

Dann stand er plötzlich vor der Haustüre eines typischen Arbeiterwohnblocks und öffnete die unverschlossene Haustüre.

Er konnte kaum etwas erkennen, aber er wusste, wie er an sein Ziel kam.

Die Wohnung lag in der zweiten Etage und Heydte öffnete mit einem mitgebrachten Schlüssel die Wohnungstür und trat ein.

Kapitel - 3
Clara

Der schmale Flur vor ihm war nur schwach mit ein paar Kerzen beleuchtet. Am Ende des Flurs drang aus einem Zimmer ebenfalls schwaches Kerzenlicht. Dann kam sie heraus, besser gesagt stürzte sie aus dem Zimmer und fiel ihm stürmisch um den Hals.

Sie trug lediglich ein durchsichtiges Negligés. So konnte man den wunderschönen Körper und die kleinen wohlgeformten Brüste gut erkennen. Während sie ihn leidenschaftlich küsste und dabei ihre Zunge ganz tief in seinen Mund schob, fing sie an, ihm die Kleidungsstücke auszuziehen.

Von der Heydte ließ alles mit sich geschehen und war wie paralysiert.

Nachdem die Oberbekleidung am Boden verstreut war, sank Clara auf ihre Knie und fing an, die Schuhe und auch den Rest der Kleidung auszuziehen. Dabei streichelte sie mit einer Hand über sein Glied und nachdem die komplette Kleidung auch im Flur verteilt worden war, nahm sie es in ihren Mund und ließ ihre Zunge nun darüber gleiten.

Von der Heydte bekam sofort weiche Knie und sank mit seinem Oberkörper gegen die Wand. Für einen Moment hatte er das Gefühl zu schweben. Clara rieb nun heftiger sein Glied mit ihrer linken Hand und ihre Zunge kreiste wie wild in ihrem Mund. Nebenbei glitt ihre rechte Hand zwischen ihre Schenkel und sie begann ihre Klitoris zu streicheln.

Von der Heydte spürte bald, wie sich alles in seiner Lendengegend zusammenzog und da er nicht wollte, dass nach kurzer Zeit schon alles vorbei sein sollte, nahm er zärtlich Claras Oberarme und zog sie sanft hoch.

Clara legte beide Arme um seinen Hals und während sie sich etwas hochzog, umschlang sie mit ihren Beinen seine Hüfte.

Dabei drang er in ihr ein und Clara warf ihren Kopf zurück, schloss die Augen und stöhnte. Er trug sie in das Schlafzimmer und beide fielen auf das Bett.

In den wenigen Augenblicken, seit er sich in der Wohnung befand, hatte sie seine vollste Leidenschaft geweckt. Der eher biedere Amtsmann war zum Wolf mutiert und mit festen Stößen brachte er nun Clara zum Kochen.

Sie lagen engumschlungen auf dem Bett, küssten sich leidenschaftlich und fast wirkte es so, als ob aus zwei menschlichen Zellen eine werden sollte.

Es war noch keine Minute vergangen, als er in ihrer Vagina eine starke Kontraktion spürte. Clara riss den Kopf nach hinten und schrie mit weit geöffneten Augen ihren Orgasmus in die Stille des Raumes.

Die feste Umklammerung löste sich ein wenig und von der Heydte verlangsamte etwas das Tempo, damit sie wieder zu Atem kam.

Während er ihre Brüste, den Hals und ihren Mund küsste, griff er mit seiner rechten Hand unter ihr Gesäß und drückte es fester gegen seinen Körper.

Clara war wie in Trance. Sie zog etwas die Beine an sich heran und presste ihn mit beiden Händen gegen ihr Becken.

An ihren Augen konnte er erkennen, was nun bald wieder passieren würde.

Diesmal war der Orgasmus wesentlich heftiger als zuvor. Clara schrie so laut sie konnte und als sich wieder ihre Vagina zusammenzog, verließ ein heftiger Strahl ihren Körper, der die gesamte Bauchdecke von Heydte übergoss.

Er konnte nun auch nichts mehr zurückhalten. Eine große Menge warme milchige Flüssigkeit ergoss sich in ihr und danach fielen die zuckenden Körper auseinander.

Obwohl das Liebesspiel nicht lange gedauert hatte, waren beide fast ohnmächtig und sanken in einen leichten Schlaf.

Da sie sehr intensiv miteinander beschäftigt gewesen waren, hatten sie nicht bemerkt, dass die Wohnungstüre geöffnet worden war und eine fremde Person bis zum Schlafzimmer gegangen und ein wenig die Szene beobachtet hatte. Anschließend hatte der Fremde die Wohnung wieder auf Zehenspitzen verlassen.

Nachdem beide aus dem komaähnlichen Zustand erwachten, begann das Feuer der Leidenschaft erneut zu lodern und nach mehreren Stunden in Amors Himmel ließen sie endlich voneinander ab und betraten das Reich der Träume.

Mitten in der Nacht wachte von der Heydte auf und ging in die Küche, um etwas zu trinken. Als er wieder im Bett war, konnte er nicht mehr einschlafen. Neben ihm lag Clara zusammengerollt wie ein Kleinkind und schlief tief und fest.

Er sah sich ihren wunderschönen Körper an, die sinnlichen Lippen unter den rehbraunen Augen, umwoben von langem pechschwarzen Haaren.

Sie war eine Göttin, wie es in der Mythologie des Altertums mehrfach beschrieben worden war. Heydte war völlig aufgewühlt. Die Geschehnisse des Tages hatten ihre Spuren hinterlassen.

Wie lange hatte er für seine Idee kämpfen müssen und nun war es geschafft. Schon am nächsten Tag wollte er die ersten Anweisungen zum Bau der Anlage geben und ferner hatte sich Brose bereits für einen Termin angemeldet.

Er dachte auch an den Tag, als er Clara zum ersten Mal sah. Sie war Schauspielerin am Theater. Er konnte sich nicht mehr an das Stück und die Dialoge erinnern. Den ganzen Abend starrte er sie nur durch einen unsichtbaren Schleier an und wusste sofort, dass er sich unsterblich in sie verliebt hatte.

Ein paar Tage danach fasste er seinen ganzen Mut zusammen und ließ ihr einen riesigen Strauß Rosen überbringen mit einer Karte, worin er sich überschwänglich über ihre Schauspielkunst ausließ und sich ferner für den schönen Abend bedankte.

Zu seinem großen Erstaunen rief sie ein paar Tage später an, um sich ihrerseits zu bedanken. Er lud sie zum Essen ein und sie verbrachten einen wunderschönen Abend in einer der nobelsten Gasthäuser in München. Gleich am ersten Abend spürten beide, dass es ein unsichtbares Band zwischen ihnen gab und so traf man sich immer wieder.

Nach wenigen Wochen lud sie ihn zu einem Abendessen in ihre Wohnung ein und während in der Küche das Essen langsam erkaltete, wurde im gegenüberliegenden Schlafzimmer ein Feuer entfacht, das nie erlöschen sollte.

In einer Welt der Doppelmoral war es nicht so schlimm, wenn höher gestellte Persönlichkeiten eine Mätresse hatten.

Es konnte aber für die berufliche Entwicklung und den gesellschaftlichen Status gefährlich werden, wenn man für eine Mätresse seine Ehe aufgab. Heydte war verheiratet und obwohl die Liebe zu Clara sehr stark war, wollte er für sie nicht alles aufs Spiel setzen. Zudem hatte Clara nie irgendwelche Ansprüche gestellt und so hatte er beschlossen, alles so zu belassen.

Luise, seine Frau, hatte er während seiner Amtszeit in Berchtesgaden kennen gelernt. Luise stammte aus einem gut bürgerlichen Haus eines Kolonialwarenhändlers. Sie kam regelmäßig in sein Büro, um die Formalitäten für den Warenfluss zu erledigen und dabei hatte er sie nie so richtig wahrgenommen.

Bei einem Fest kam sie plötzlich freundlich lächelnd auf ihn zu und so kam man sich langsam näher. Von diesem Zeitpunkt an wurden die Bürobesuche immer länger und es stellte sich heraus, dass Luise sehr gebildet war.

Mit der Zeit entdeckten beide immer mehr Gemeinsamkeiten und nun traf man sich auch privat. Man ging ins Theater oder in ein Gasthaus und plauderte stundenlang über Gott und die Welt. Wie so üblich war in dieser Zeit immer eine Anstandsdame dabei, sodass intimere Dialoge nicht möglich waren.

Aber man fand immer mehr Gefallen aneinander und beide glaubten auch Gefühle zu spüren. Er bat um ihre Hand und die Hochzeit wurde im großen Rahmen mitten in Berchtesgaden gefeiert. Luise bekam auch eine stattliche Mitgift und als seine Beförderung zum Regierungsrat kam und der Umzug nach München beschlossen wurde, schien das Glück perfekt.

München war eine große Stadt und für beide, die bis dahin in der Provinz gelebt hatten, eine große und aufregende Herausforderung. Schon damals wurde ihm die Villa am englischen Garten samt Hauspersonal zur Verfügung gestellt und als Luise kurz nach dem Umzug schwanger wurde, schwebte man im siebten Himmel und konnte sich nicht vorstellen, dass das Glück je zu Ende gehen könnte.

Wenn er damals schon die Erfahrungen gehabt hätte, die er in den Jahren danach sammeln konnte, hätte er bereits den Graben zwischen ihnen erkannt.

Luise war die kleine Prinzessin ihres Vaters gewesen und war gewohnt, dass alles so erledigt wurde, wie sie es haben wollte.

Zudem war sie im katholischen Glaubenskontext dieser Zeit erzogen worden. Die sexuellen Erfahrungen mit ihr standen diametral zu den Liebesnächten mit Clara.

Sex diente nur der Fortpflanzung und man schlich sich wie ein Verbrecher ins Schlafzimmer. Luise zog sich dabei nie komplett aus und lag dann da wie ein Brett.

Das Licht durfte auch nicht angemacht werden und bei jeder Liebesnacht hatte er das Gefühl, dass es für Luise nicht schnell genug gehen konnte. Freude und Lust spielten dabei keine Rolle, Das Ganze erinnerte an eine Impfung, die man nicht haben wollte, die aber notwendig war.

Nachdem Luise in anderen Umständen war, wurden die Fortpflanzungsakte sofort eingestellt und auch ihre Laune verschlechterte sich zusehends. Immer öfter traktierte sie das Hauspersonal und zunehmend auch ihren Mann.

Nichts mehr war ihr Recht und dazu kam dann auch noch Heimweh. Die Berge fehlten ihr angeblich, aber Heydte vermutete eher, dass das erwachsene Kind ihren Vater am meisten vermisste.

Anfangs vermutete er in ihrem Verhalten etwaige Nebenwirkungen der Schwangerschaft. Aber bald musste er den wahren Charakter seiner Frau erkennen.

Nach etwa vier Monaten kam es zu einer Fehlgeburt und die Wutanfälle von Luise nahmen dramatisch zu. Beinahe jeden Abend macht sie ihm Vorwürfe und vor allem suchte sie den Grund für das Unglück stets bei ihm.

Waren die Wutanfälle zunächst nur auf rein verbaler Ebene, so steigerte sich das Ganze bald auch in physische Gewalt.

Sie warf immer öfter mit Gegenständen um sich, fing an ihn zu beleidigen und zog schließlich aus dem Schlafzimmer aus.

Von der Heydte stürzte sich in seinem Unglück immer mehr in die Arbeit und weil es oft sehr spät wurde, mietete er schließlich in der Nähe seines Amtssitzes eine Wohnung an, damit die lästige Fahrerei reduziert werden und ferner er auch ausgeruht in der Arbeit erscheinen konnte.

So war es für seine Frau nichts Besonderes, wenn er tagelang verschwunden war. Dem Psychoterror konnte er somit entkommen und seine Anwesenheit in der Villa beschränkte sich immer mehr auf das Wochenende.

Als er eines Tages wieder in seiner Villa ankam, begegnete er Maria, der Hausdame, an der Trambahnstation.

Maria, ich verstehe nicht, wo willst du denn hin? Unter Tränen gestand sie ihm, dass sie das Haus verlassen und eine neue Stellung annehmen werde.

Nur mit Mühe konnte er sie beruhigen und bat sie zum Gespräch in einer nahegelegenen Gastwirtschaft. Dort erzählte sie ihm von den Gemeinheiten seiner Frau. Nichts konnte sie ihr recht machen. Es wurde alles lautstark kritisiert und teilweise verursachte Luise selbst Unordnung und Dreck, damit sie es ihrer Hausdame in die Schuhe schieben konnte.

Dann hatte sie wieder Vorwände, um ihre Wutausbrüche ausleben zu können. Dabei steigerte sie sich so rein, dass sie eines Tages damit begann, die arme Maria zu ohrfeigen. Da war dann das Maß voll und selbst von der Heydte hatte Verständnis für Marias Entscheidung.

Sie versicherte ihm, dass es ihr wirklich leid täte, aber unter diesen Umständen eine weiter Beschäftigung nicht mehr möglich wäre.

Heydte sah dies ein und ließ sich vom Wirt ein Stück Papier bringen. Darauf schrieb er seine Telefonnummer vom Büro und gab diesen seiner ehemaligen Hausdame.

Maria, wenn dein neuer Hausherr Referenzen haben will, dann kann er mich jederzeit unter dieser Nummer anrufen. Gib mir bitte kurz dein Dienstbuch, damit ich dir ein Zeugnis geben kann.

Maria war von diesen sanftmütigen Worten überrascht. Sie hatte eher eine negative Reaktion erwartet, doch dann übergab sie ihr Büchlein. Von der Heydte verfasste ein exzellentes Zeugnis und dankte ihr für ihre Dienste und die außergewöhnliche Geduld, die Maria unter diesen Umständen gezeigt hatte.

Er lud sie zum Abschluss zu einem Essen ein und mit der Zeit fasste Maria mehr und mehr Vertrauen zu ihrem Dienstherren, den sie in den letzten Monaten kaum gesehen hatte.

Da ist noch etwas mein Herr, fuhr Maria mit der Unterhaltung fort. Ich möchte nichts schlechtes über ihre Frau sagen. Ich meine, sie hatte es in der letzten Zeit nicht einfach.

Zuerst der Umzug weit weg von der Heimat, dann diese unglückliche Fehlgeburt. Das waren schwere Prüfungen für sie und es ist nicht leicht, solche Schicksalsschläge zu verkraften. Ich meine..

Von der Heydte fiel ihr ins Wort.

Maria du kannst frei heraus reden. Du brauchst keine Angst haben. Alles was hier und heute gesagt wird, bleibt unter uns.

Ich meine…ich habe den Eindruck – Was Maria, komm sag es einfach.

Nun platze es aus ihr heraus. Sie berichtete davon, dass der Weinhändler immer öfter und immer größere Mengen an Wein geliefert hatte.

Eines Tages sollte sie Vorräte vom Keller holen und dabei entdeckte sie einen kleinen Nebenraum, der mit leeren Weinflaschen gefüllt war. Maria senkte den Kopf, weil sie wieder eine scharfe Reaktion erwartete.

Von der Heydte sackte zusammen und man konnte deutlich die Blutleere in seinem Kopf erkennen. Seine Frau- eine Alkoholikerin ? Er hatte schon Geschichten über Suchtkranke gehört. Wie sie sich verändern und vor allem die ganze soziale Umgebung zerstören.

Für eine Minute war er nicht fähig etwas zu sagen. Maria saß mit gesenktem Kopf vor ihm und weinte leise. Schließlich fasste er sich wieder, streichelte sanft Marias Kopf und sagte:

Maria ich bin dir nicht böse, sondern ich danke dir für deine Offenheit.

Du musst mir allerdings versprechen, dass du mit niemanden darüber reden wirst. Wenn das an die Öffentlichkeit kommt, bin ich ruiniert.

Ich möchte, dass wir auch in Zukunft in Kontakt bleiben und wenn du mal Probleme hast, dann kannst du mich jederzeit anrufen.

Maria nickte und versprach absolutes Stillschweigen. Von der Heydte gab ihr das Dienstbuch und Hundert Reichsmark, was deutlich über dem geschuldeten Lohn lag.

Er wollte aber damit die Ernsthaftigkeit seiner Bitte unterstreichen. Maria verließ das Gasthaus und lächelte ihm nochmal zu, bevor sie die Türe schloss und zur Trambahn ging.

Clara begann nun im Schlaf etwas zu reden, drehte sich aber um und schlief weiter.

Heydte konnte nun wieder in den unglücklichen Teil seiner Vergangenheit gedanklich einsteigen und dachte nochmals an diesen besagten Tag.

Nachdem Maria gegangen war, bestellte er noch ein Bier und überlegte sein weiteres Handeln. Erfahrungsgemäß konnte ein solches Treiben nie auf Dauer geheim gehalten werden und er wollte sich von Luise seine mühsam erarbeite Position nicht kaputt machen lassen.

Obwohl er zu seinem Schwiegervater kein allzu herzliches Verhältnis hatte, beschloss er ihn anzurufen. Luise sollte für ein paar Monate zu ihren Eltern zurück in der Hoffnung, dass sie sich in ihrer vertrauten Umgebung erholen würde.

Da es sich nicht schickte, die Probleme offen anzusprechen, wollte er dem Schwiegervater lediglich von gesundheitlichen Schwierigkeiten berichten und dass eine sofortige Maßnahme dringend geboten sei.

An diesem Abend fuhr er wieder in seine Wohnung in der Innenstadt zurück. Er war nicht bereit, ein weiteres Wochenende mit einer ständig nörgelnden und schreienden Ehefrau zu verbringen.

Allzu große Sorgen musste er sich über Luise nicht machen. Da sich noch weiteres Personal im Haus aufhielt, war für ihre Sicherheit gesorgt. Außerdem sollte gleich am Montag der Anruf erfolgen.

Dies geschah dann auch und eine Woche später wurde Luise von ihrem Vater abgeholt und mit der Eisenbahn nach Berchtesgaden gebracht. Heydte war an diesem Tag anwesend und spielte den besorgten Ehemann.

Sein Schwiegervater warf ihm aber einen vorwurfsvollen Blick zu. Damit war wohl in bester Familientradition auch die Schuldfrage geklärt.

Es war ihm aber völlig egal, denn mit der Abreise seiner Frau zog wieder Friede im Haus ein und nicht nur er, sondern das aus drei Personen bestehende Dienstpersonal wirkte ebenso erleichtert.

Das war das Dilemma, in dem er sich befand. Auf der einen Seite hatte er mit Clara die Liebe seines Lebens gefunden. Clara war nicht nur wunderschön. Sie war auch intelligent, lebenslustig und eloquent.

Sie konnte sich in jeder Gesellschaft einfinden und war in der Regel schnell im Mittelpunkt.

Aber genau diese Frau, die er von ganzem Herzen liebte und verehrte, konnte er aus gesellschaftlichen Gründen nicht zu seiner offiziellen Gefährtin machen.

Daneben Luise mit ihrer Alkoholkrankheit und weiteren verkümmerten Eigenschaften. Luise war zumindest außerhalb der eigenen Wände sehr ruhig bis introvertiert.

Sie hielt sich stets im Hintergrund und die Konversationen beschränkten sich ihrerseits auf die knappe Beantwortung von Fragen. Ganz so, wie man es in den sogenannten besseren Kreisen erwartete.

Während seine Gedanken um den eigenen Kosmos kreisten, wurde er langsam immer müder und schlief schließlich ein.

Am nächsten Tag wurde er von einer singenden und pfeifenden Clara geweckt. Ihre Lebensfreude schien keine Grenzen zu haben und als sie schließlich seine offenen Augen bemerkte, rannte sie in Richtung Schlafzimmer und sprang ins Bett.

Wieder küsste sie ihn stürmisch und leidenschaftlich. Dann aber sagte sie ihm, dass es langsam Zeit zum Aufstehen sei, wenn er pünktlich im Büro erscheinen wolle.

Sie zog ihn sanft aus dem Bett und in die Küche hinüber, wo bereits ein Frühstück vorbereitet war.

Die Zeit verging viel zu schnell und als von der Heydte die Wohnung verließ, sehnte er bereits den Abend herbei. Denn dann wartete wieder seine Göttin auf ihn.

Luise sollte am Wochenende wieder zurückkommen. Sie war etwa ein halbes Jahr bei ihren Eltern gewesen und laut Schwiegervater wieder auf dem Damm.

Dies hatte er beim letzten Telefonat behauptet und ferner Heydte ermahnt, besser auf seine Frau aufzupassen. Die Freude hielt sich in Grenzen. Aber von der Heydte wusste auch, dass er die Rolle, die von der Gesellschaft erwartet wurde, auch spielen musste.

Der Nachteil war natürlich, dass er für Clara dann weniger Zeit übrig haben würde. Das tat weh, aber die gesellschaftlichen Konventionen hatten mehr Gewicht.

Im Büro angekommen hatte er nur wenige Minuten Zeit, um sich zu entkleiden und sich auf das Gespräch mit Brose vorzubereiten.

Dann klopfte es bereits an der Tür und die Sekretärin meldete den Besucher an. Brose kam wie immer herein gestürzt, diesmal in seiner zackigen Preußenuniform und begrüßte ihn herzlich.

Na lieber Heydte, wat ha ick jesagt ? Wir werden det Kind schon schaukeln. Ich habe gestern Abend noch ein Telegramm an den Kaiser abgesetzt, um den Erfolg zu melden. Heute war die Antwort schon da.

Der Kaiser ist hocherfreut und wünscht, dass noch in diesem Jahr mit dem Bau begonnen wird. Det is ooch kein Problem. Wir holen aus dem ganzen Reich die Firmen, die bereits die anderen Anlagen jebaut haben. Det jeht ruck zuck.

Brose plapperte wie ein Wasserfall und spann einen weiten Bogen von den Baumaßnahmen über Berlin mit seinem geliebten Kaiser bis hin zur gestrigen Feier im Bayerischen Hof.

In der Zwischenzeit hatte Heydte zwei Gläser Cognac und Zigarren bringen lassen. Es war keinesfalls seine Art, am Vormittag bereits Alkohol zu trinken. Aber dieser Moment war ein besonderer und ein Glas Cognac sicher angemessen.

Für einen kleinen Moment dachte er, dass sich die beiden Männer näher kamen. Aber sein Bauchgefühl riet ihm weiter zur Vorsicht und Wachsamkeit. Er konnte dieses Gefühl rational nicht erklären, sollte aber bald eine Bestätigung hierfür bekommen.

Ach übrigens Heydte, wir sollten uns nochmals über die militärische Nutzung der Anlage unterhalten sagte Brose, während er einen Schluck aus seinem Glas nahm. Er hatte in der Vergangenheit immer wieder diese Option angedeutet und Heydte, ein überzeugter Pazifist, hatte immer kategorisch abgelehnt.

Für ihn war es stets um eine zivile Nutzung gegangen und außerdem wollte er seinen Regenten nicht hintergehen.

Aber Heydte, sie wissen doch selbst, wer zahlt bestimmt schwadronierte Brose.

Und wir wollen den Kaiser doch nicht verärgern oder?

Heydte sprang von seinem Stuhl auf und schrie NEIN,NEIN UND NOCHMALS NEIN !

Er kannte sich selbst nicht mehr und war über seine Reaktion erschrocken. Beinahe hätte er auch das Glas umgekippt. Er war eben kein Militarist und hatte auch diese Geheimniskrämerei mit Überseefunk und U-Booten nie so richtig verstanden.

Der technische Fortschritt lag ihm am Herzen und nicht weitere Vernichtungs-bzw. Kriegspotentiale.

Nein Brose, ich hatte ihnen bereits mehrfach gesagt, dass ich da nicht mitmache und ferner würde ich meinen Prinzregenten auch nicht hintergehen.

Wir hatten immer und ausschließlich über eine zivile Nutzung gesprochen und dabei bleibt es. Das können Sie auch ihrem Kaiser sagen, wenn Sie möchten !

Brose blieb völlig unbeeindruckt von diesem Ausbruch. Er stand langsam auf und ging in Richtung Tür. Kurz davor drehte er sich nochmal um.

Schade lieber Heydte, dass Sie so stur sind. Ich bin noch bis morgen Mittag im Bayerischen Hof. Falls Sie Ihre Meinung ändern sollten, können Sie mich dort erreichen. Schließlich muss ich wissen, was ich dem Kaiser berichten soll.

Ach übrigens alter Knabe, ich wusste bis vor kurzem gar nicht, dass Sie hier in der Nähe eine kleine Mietwohnung haben. Sogar mit sagen wir sehr hübschen und vor allem leicht bekleideten Personal. Da könnte man glatt neidisch werden. Bis bald alter Schwerenöter.

Brose öffnete die Tür und verließ mit einem breiten Grinsen den Raum.

Das hatte gesessen. Von der Heydte saß leichenblass auf seinem Stuhl und rang nach Luft. Woher hatte Brose diese Informationen. Funktionierte der Geheimdienst des Kaisers doch besser als erwartet ?

Er saß lange auf seinem Stuhl und starrte die Schneeflocken an, die zahlreich vom Himmel kamen. Am Ende dieses langen Gedankenganges siegte der Status quo und die Angst vor den gesellschaftlichen Folgen.

Bereits am Nachmittag rief er Brose an und gab grünes Licht.

Kapitel - 4
Der Bau der Anlage

Gleich nach seiner Rückkehr nach Berlin ging Brose sofort an die Arbeit. Brose war nicht weniger ehrgeizig als sein Partner in München. Er war es gewohnt, seinen Willen durchzusetzen und hatte auch keinerlei Skrupel auch weniger moralische Methoden einzusetzen.

In gewisser Weise bewunderte er sogar von der Heydte. Er kannte seinen beruflichen Werdegang und schätzte ferner die Eloquenz und den Intellekt dieses Mannes.

Es beeindruckte ihn auch, dass von der Heydte heimlich eine Geliebte hatte. Doch dann waren die Grenzen der Bewunderung schon erreicht.

Seiner Meinung nach gehörten zu hohen Ämtern auch andere Charaktereigenschaften. Im richtigen Moment und in der angemessenen Dosierung sollte man in der Lage sein, Eigenschaften wie Rücksichtslosigkeit, Skrupellosigkeit und sagen wir mangelnde Ehrlichkeit einzusetzen, sofern es der Sache dient.

Was für Brose allerdings unantastbar erschien, war Loyalität. Gut er hatte in Bezug auf seine geheimen Operationen nicht immer alles auf den Tisch gebracht.

Seinen Dienstherren, den Kaiser hatte er aber nie hintergangen oder bewusst belogen. Brose stammte aus einer preußischen Offiziersfamilie, die von jeher eng mit dem Kaiser verbunden war. So war das gesamte Dienstverhältnis auch immer eine Frage der Ehre.

Schon von München aus hatte er dem Kaiser telefonisch über seinen Erfolg berichtet und ferner seine Stabstelle angewiesen, die erforderlichen Maßnahmen für den Bau der Anlage zu ergreifen.

Da bereits mehrere Anlagen gebaut worden waren und die neue Funkstation in Bayern genau so konzipiert war wie alle anderen, wurden beinah automatisierte Prozesse in Gang gesetzt.

Die über das gesamte Reich verteilten Spezialfirmen wurden angewiesen, die für den Bau notwendigen Ressourcen bereit zu stellen und für die Logistik zu sorgen. Eine kleine Außenstelle Broses in München erhielt die Anweisung, die Massenbaustoffe, wie Holz, Sand und Kies, Ziegelsteine etc. zu beschaffen.

Die Grundstücke waren bereits für einen geringen Preis von den hiesigen Bauern gekauft worden und weil der Prinzregent als Schirmherr genannt worden war, kam es bei den Verhandlungen zu keinerlei Schwierigkeiten.

Den militärischen Part nahm Brose wie gewohnt selbst in die Hand. Er rief den Kommandeur seiner von ihm sehr geschätzten Pioniereinheit, das Garde-Pionier-Bataillon Berlin, an und informierte Ihn über den neuen Auftrag.

Das Pionierbataillon hatte die Aufgabe, das Gelände für die Bauarbeiten vorzubereiten, Baracken und sanitäre Anlagen für die Arbeiter zu bauen und ferner bestimmte Bereiche militärisch zu sichern.

Für das Bataillon war es nicht nur eine Abwechslung, sondern auch eine Übung für den Ernstfall. Brose hingegen schätzte die enormen Fähigkeiten dieser Truppe und war sich daher sicher, dass die Gründungsarbeiten noch in diesem Jahr erledigt sein würden. Dies war auch Voraussetzung dafür, dass die baulichen Maßnahmen spätestens im nächsten Jahr abgeschlossen und somit die Anlage in Betrieb gehen konnte.

Für die Sicherung des Geländes sollte das 4. Feldartillerie-Regiment „König" aus Augsburg eingesetzt werden. Er kannte den Kommandeur, Oberst Ferdinand Jodl, persönlich und wusste, dass bei geheimen Operationen auf Jodl, dessen Bruder Alfred später in einem ganz anderen politischen System Karriere machen sollte, absolut Verlass war.

Ein weiterer Vorteil bestand darin, dass man auf dem weitläufigen Gelände Schießübungen abhalten konnte. Die Truppe war hierfür immer dankbar und durch den Lärm sollten auch Neugierige vom Gelände fern gehalten werden.

Anfang Mai 1910 wurde zuerst das Pionierbataillon mit knapp hundert Mann in Marsch versetzt und kam samt Ausrüstung etwa 2 Wochen später am Einsatzort an. Fast zeitgleich erreichte das 4. Feldartillerie-Regiment mit ebenfalls hundert Mann vom Südwesten her kommend das Gelände und bald waren eine große Menge an Zelten aufgebaut.

Für Außenstehende sah das Ganze wie ein groß angelegtes militärisches Manöver aus, zumal die Artilleristen im nördlichen Abschnitt mehrere Geschütze in Stellung brachten und ferner mit Streifen zu je 3 Mann das Gelände rundherum sicherten.

Von einer Verbindungsstraße zwischen Emmering und einer weiteren kleinen Ortschaft aus führte ein kleiner Feldweg direkt zum Gelände. Die Landschaft selbst war geprägt vom nahen Fluss, der Amper.

Der Fluss war an seinen Ufern stark bewaldet und schwer zugänglich. Aufgrund der relativ hohen Fließgeschwindigkeit galt der Fluss als gefährlich. Es gab auch bis zu 4 Meter tiefe Stellen mit Strudeln. Der Fischreichtum war enorm. Hechte, Barsche, große Weisfische und Barben gab es beinah im Überfluss.

Rings um den mäanderten Fluss war eine typische Auenlandschaft mit vielen Tieren und teilweise sumpfigen Abschnitten. Für die Pioniere eine echte Herausforderung.

Zunächst wurden aus dem vorab gelieferten Bauholz Baracken für die Bauarbeiter und sanitäre Anlagen errichtet. Die Pioniere waren in mehrere Einheiten aufgeteilt. Während am Baugelände die Baracken und ferner kleine Dämme für den auf Gleisen fahrenden Bagger errichtet wurde, baute eine andere Einheit ein Wasserrohr von der Amper zum späteren Standort der Anlage.

Damit sollte zunächst die Bautruppe und die Baracken mit Wasser versorgt werden. Später sollte hierüber das Wasser für die gesamte Anlage gewonnen werden.

Die Truppe wurde sehr gut versorgt. Einmal wöchentlich kamen Lastwagen mit Lebensmitteln und auch Dingen des täglichen Gebrauchs wie Zeitungen etc. und natürlich die Feldpost. An den Sonntagen durften die Soldaten an den Fluss zum baden oder auch angeln.

Es war auch erlaubt das zahlreiche Wild zu jagen, sodass der Speiseplan mit frischen Fischen und Wildfleisch angereichert wurde.

Josef Held kam schon mit der Vorhut des Feldartillerie-Regiments zur Baustelle. Er hatte eine besondere Aufgabe mit fünf weiteren Kameraden zu erledigen. Es sollte eine Telefonverbindung zum Postamt in Fürstenfeldbruck gebaut und auch auf dem Gelände sollten Leitungen verlegt werden.

Held stammte aus sehr einfachen Verhältnissen. Er war einer der Kinder aus einer typischen in München lebenden Arbeiterfamilie. Die karge Kindheit und das ständige Gefühl von allem immer zu wenig zu haben, trieb ihn mit 18 Jahren zum Militär und so trat er 1908 dem Regiment in Augsburg bei.

In der Kaserne war die regelmäßige Versorgung mit Essen und Kleidung wenigstens gesichert und er selbst fand schnell Gefallen am militärischen Alltag und vor allem an einer kleinen Sektion des Regiments, der Fernmeldeabteilung.

Die Technik faszinierte ihn und die Möglichkeit über Drähte zu kommunizieren. Im Feld war die Verbindung zwischen den in Abschnitten eingesetzten Soldaten von großer Bedeutung und daher wurde bereits früh diese Unterabteilung eingerichtet, die sich mit der Errichtung und Betreibung von technischen Kommunikationsmitteln beschäftigte.

Sein enormes Interesse und die zweifellos vorhandene Intelligenz brachten ihn in der Abteilung schnell voran. Er galt nach kurzer Zeit bereits als Kapazität in der noch relativ neuen Technik und nach der Beförderung zum Unteroffizier durfte er die Abteilung anführen.

So machten er und seine Kameraden sich mit großem Eifer an die Arbeit und Held sollte nicht ahnen, dass diese Anlage, die später mit „Polizeisender" benannt wurde eng mit seinem persönlichen Schicksal verbunden sein sollte.

Schon Ende Juli stand die gesamte Infrastruktur und nun rückten die Baufirmen samt Gerät an. Für den Aushub stand ein gewaltiger Menck- Bagger mit Hochlöffel und Dampfantrieb zur Verfügung. Dieses Stahlungetüm fuhr auf Gleisen, die auf parallel angelegte Dämmen verlegt worden waren.

Die meisten der Soldaten hatten so etwas noch nie gesehen und starrten gebannt auf das laute dunkelblau gestrichene Ungeheuer, das sich unablässig in das Erdreich grub und den Bereich aushob, wo der Keller für das Gebäude entstehen sollte.

Eine weitere Besonderheit war eine mobile Betonmischanlage. Für den Bau des Kellers, der Turmfundamente und der Bunker wurde eine große Menge an Beton benötigt.

Mit dieser Anlage war es kein Problem, in kurzer Zeit den Beton zu produzieren. Täglich kamen nun Lastwagen mit Material und die Baustelle nahm Ausmaße an, die in diesem Winkel des Reiches völlig neu waren.

Die Soldaten rückten nun ab. Von dem Feldartillerie-Regiment blieb lediglich eine etwa 30 Mann starke Truppe zur Sicherung des Geländes und Betreibung der Kommunikationsanlagen zurück. Held war froh, dass er bleiben durfte. Er wollte herausfinden, was bei der ganzen Sache herauskommen würde.

Held hatte die Verbindung zu seinem Kommandeur Jodl aufrecht zu halten und berichtete täglich über den Baufortschritt und besondere Vorfälle wie Unfälle auf der Baustelle oder dass mal wieder neugierige Bauernburschen festgesetzt und vom Gelände gebracht wurden.

Jodl wiederum stand im engen Kontakt zu Brose und als dieser vernahm, dass der Aushub des Kellers beinahe vollendet war, sah er es an der Zeit, die verantwortlichen Minister und den Polizeipräsidenten zu einer Baustellenbesichtigung einzuladen.

Über seine Außenstelle in München hatte er sich längst über die regionalen Gegebenheiten informiert und ließ für den Termin im besten Hotel der Gegend, Hotel zur Post in Fürstenfeldbruck, Zimmer reservieren.

Die Herren kamen mit dem Zug in Fürstenfeldbruck an und wurden von Pferdekutschen zum Hotel gebracht. Von der Heydte war etwas erstaunt über das rege Interesse im Ministerium, denn soviel Zulauf hatte er nicht erwartet. Sogar der Prinzregent war angemeldet, musste aber wegen einer Krankheit kurzfristig wieder absagen.

Am Abend kam dann auch Brose an, gerade rechtzeitig um am gemeinsamen Abendessen teilzunehmen.

Die Stimmung war gut und ausgelassen, stand doch ein abenteuerlicher Ausflug in die tiefste bayerische Provinz auf dem Plan.

Heydte und Brose hatten in den vergangenen Monaten sehr oft telefoniert, sich aber seit dem Entscheidungstag im Februar nicht mehr gesehen.

Wie immer ging Brose freudestrahlend auf von der Heydte zu und begrüßte ihn überschwänglich.

Früher hatte von der Heydte diese Begrüßungszeremonie als überzogen empfunden.

Dieses Mal freute er sich ernsthaft, zumal der Bau bessere Fortschritte als geplant machte und der Ärger über den militärischen Nutzen sich langsam verflüchtigt hatte.

Im Anschluss an das Abendessen zogen sich die Herrschaften in Rauchersalons zurück und die beiden verfielen in ein langes und intensives Gespräch, an dessen Ende nicht nur mehrere Gläser Cognac gekippt und mehrere dicke Zigarren geraucht waren, sondern von Brose auch das „Du" angeboten und von Heydte angenommen worden war.

Am nächsten Tag standen mehrere Pferdekutschen bereit und nach dem Frühstück wurde die erlauchte Gesellschaft zur Baustelle gefahren. Es war ein herrlicher Sommertag mit dem für Bayern typischen weiß blauen Himmel, einfach ideal für die Präsentation eines wichtigen Bauwerks.

Am Zielort wartete bereits ein Blasorchester, das bei der Ankunft der Kutschen zu spielen begann. Kleine Zelte standen bereit, um die Gesellschaft kulinarisch zu versorgen und mitten auf der Baustelle hatten die Arbeiter ein kleines Redepodest und davor Bänke errichtet.

Verschiedene Minister und Staatssekretäre hielten kurze Reden und am Ende auch von der Heydte und Brose.

Alle lobten den schnellen Fortschritt und bedankten sich bei den anwesenden Bauarbeitern, die diese Lobeshymnen lautstark bejubelten.

Auch Held war darunter und beobachtete, dass von mehreren Männern ein geheimnisvoller Holzkasten in die Baracke der Bauleitung getragen wurde. Dem wollte er auf den Grund gehen und schlich sich langsam vom Redeplatz.

Nachdem Brose seine Rede beendet und besonders viel Applaus erhalten hatte, wenn er den Prinzregenten als wichtigste Figur in dieser Angelegenheit bezeichnete, nahm er von der Heydte zur Seite.

Lieber Julius, begleite mich ein paar Meter, ich hab da eine Überraschung für dich! Die Männer gingen in Richtung der Bauleitungsbaracke.

Brose bemerkte sofort den Mann, der am Fenster stand und vorsichtig hineinsah.

Achtung Soldat, nehmen sie Haltung an schrie Brose und Held wirbelte auf seinem Absatz herum wie ein Zinnsoldat und schlug die Hacken zusammen.

Was machen Sie hier? Gehört das zu ihren Aufgaben, die Bauleitung auszuspionieren ? Brose war sichtlich in Rage und der militärische Teil seines Charakters hatte nun die Kontrolle über ihn.

Held lief leichenblass an und konnte erst gar nichts sagen, dann fing er sich und erklärte, dass er zum Feldartillerie-Regiment gehörte und zwar zur Unterabteilung der Fernmelder.

Er sei einfach aus beruflichen Gründen sehr neugierig und würde dies nun bereuen und sich dafür entschuldigen.

Brose erkannte die Harmlosigkeit des Vorfalls und sagte dann beinahe väterlich zu ihm: Na dann kommen se mal mit Soldat. Wer so neugierig ist, könnte vielleicht für uns interessant werden. Wie heißen Sie Soldat ? Held. Na Sie sind uns bestimmt ein Held. Treten Sie ein.

Was alle Beteiligten nicht wussten, war die Idee Broses, die Funker für die Anlage aus dem Militär zu rekrutieren. Insofern ging es nicht um eine menschliche Regung, sondern darum einen etwaigen Funker zu bekommen.

Die Männer traten in die Baracke. Innen wartete bereits der verantwortliche Bauleiter, Hans Staudinger mit zwei seiner Mitarbeiter. Alle zogen ihre Zylinder vom Kopf und beugten sich tief nach vorne, um die Gäste zu begrüßen.

Von der Heydte stellte die Herren gegenseitig vor. Zum Schluss deutete er auf Held und mit einem sichtbaren Schmunzeln sagte er, dass hier wahrscheinlich einer der Männer steht, die einmal diese Anlage bedienen werden.

Auf einem Tisch mitten im Raum stand der ominöse Holzkasten und auf ein Zeichen von Brose eilten seine Mitarbeiter aus einer Ecke der Baracke herbei, um diesen zu öffnen.

Zum ersten Mal sah Held im Model den Polizeisender und war sofort elektrisiert. Die Knie fingen an zu schlottern und er wusste sofort, dass er hier arbeiten und sein Leben verbringen wollte.

Na Held was sagen Sie ? Könnte das etwas für Sie sein sagte Brose, inzwischen wieder auf Normaltemperatur.

Es wäre eine große Ehre für mich hier arbeiten zu dürfen und ich versichere Ihnen, dass ich alles in meiner Macht stehende unternehmen werde, um den Auftrag zu erfüllen, sagte Held.

Brose, sichtlich beeindruckt von der Aussage, erwiderte, dass er mal mit seinem Kommandeur Jodl telefonieren werde und wenn dieser zustimmen sollte, er sich den Einsatz von Held durchaus vorstellen könnte.

Und nun gehen Sie zurück zu ihren Kameraden, sonst werden diese weißen Würste noch kalt. Die Anwesenden mussten nun lachen und Brose war ziemlich verwirrt. Weißwürste lieber Karl – Weißwürste verbesserte ihn von der Heydte.

Held bedankte sich für die Mitnahme, schlug vorschriftsmäßig die Hacken zusammen und verließ die Baracke in Richtung Festplatz.

Brose und von der Heydte ließen sich von Staudinger über die Baustelle führen. Der Bauleiter erklärte ihnen technische Details und zeigte Ihnen ferner die Großgeräte und auch die Barackenunterkünfte. Am Festplatz angekommen nahmen alle noch eine richtige Brotzeit zu sich bevor die Pferdekutschen bestiegen wurden.

Auf der Fahrt nach Fürstenfeldbruck konnte von der Heydte wieder eigene Gedanken fassen und dachte an seine Frauen. Luise war nach ihrer Rückkehr noch weiter in sich gekehrt und fing aus therapeutischen Gründen an zu malen.

Mit ihrer Staffelei und einem Korb mit Farben marschierte sie in den englischen Garten und bei schönem Wetter saß sie dann auf einer Bank und malte den ganzen Tag die Landschaft.

Das Dienstpersonal versorgte sie mit Getränken und Lebensmittel und wenn er Abends mit ihr gemeinsam das Essen einnahm, saß sie ihm fast stumm gegenüber und ging auch früh ins Bett.

Er nahm zuweilen ein Buch oder auch die Tageszeitung zur Hand und steuerte später in ein anderes Schlafzimmer, denn Luise wollte allein schlafen.

Clara brachte wieder Licht in sein Leben. An manchen Abenden quasselte sie fast ununterbrochen, erzählte vom Theaterleben, von den Schauspielern, den Stücken und rasenden Regisseuren.

Die Abende mit ihr waren stets kurzweilig und daher richtete er sein Leben so ein, dass er mindestens 3 Tage in der Woche offiziell in seiner Stadtwohnung nächtigte. Die Gedanken an seine geliebte Clara zauberten ein Lächeln in sein Gesicht.

Für den morgigen Abend war ein Essen mit Clara und ein paar Kolleginnen und Kollegen vom Theater geplant.

Darauf freute er sich schon wahnsinnig, zumal er dann in eine ganz andere Welt eintauchen konnte und seine Alltagssorgen dann Flügel bekämen. Am heutigen Abend sollte aber erst weitergefeiert werden.

So wie befürchtet endete das Diner sehr spät und sein neuer Duzfreund Brose erzählte von Gott und der Welt und immer wieder von seinem hochverehrten Kaiser.

Von der Heydte vermied es zu politisieren. Er hörte meist zu und war ein wenig beeindruckt von dem kosmopolitischen Auftritt Broses. Am nächsten Tag wurde die Gesellschaft wieder zum Bahnhof gekutscht und am späten Nachmittag traf von der Heydte in seinem Büro ein.

Auf seinem Schreibtisch fand er einen Brief, der etwas nach Parfüm roch – zweifellos eine Nachricht von Clara.

Lieber Julius, ich erwarte dich bereits und werde pünktlich am verabredeten Ort sein. Ich bin nicht ganz allein, aber das weißt du ja. In Liebe, Clara.

Noch nie hatte er sich besser gefühlt. Sein Projekt lief wie geschmiert und dann diese wunderbare Frau.

In diesem Jahr kam der Winter etwas später als gewohnt. Die Arbeiten konnten besser vorangetrieben werden, als erwartet und wurden erst Ende November wegen Frost und heftigen Schneefalls eingestellt. Die Bauarbeiter fuhren zurück zu ihren Familien mit dicken Lohntüten im Gepäck.

In die Baracken zogen nun die verbliebenen Soldaten ein. Das Gelände sollte auch im Winter vor neugierigen Blicken geschützt werden.

Kapitel - 5
Übernahme und Einzug

Im März 1911 zog der Frühling ins Land und wegen der großen Massen an Schmelzwasser stand die Auenlandschaft um den Fluss herum unter Wasser.

Das Baugelände war etwas erhöht. So konnte das Wasser nicht in den Keller eindringen und die eintreffenden Bauarbeiter sollten den Bau fortsetzen. In den Bauplänen war das Hochwasserproblem berücksichtigt worden.

Der im Vorjahr errichtete Rohbau war nun ausgewintert und nun konnten die bereits gelieferten Fenster und Türen eingesetzt und die Außenwände verputzt werden.

Zeitgleich wurde mit dem Innenausbau begonnen und da alle Wohnungen etwa gleich groß und standardisiert waren, gingen die Arbeiten rasch voran.

Anfang Juli wurde die Stahlkonstruktion der Funktürme geliefert und eine Spezialfirma begann mit der Montage der Stahlträger. An den Türmen wurden Kletterkräne angebracht, die mit zunehmender Höhe immer weiter nach oben gezogen und am jeweiligen Standort fixiert wurden.

Die Monteure waren zum Teil verwegene Burschen, mussten sie doch in großer Höhe arbeiten, was eine absolute Schwindelfreihet voraussetzte.

Der Bunker vor dem Haus nahm langsam Form an und wurde nach der Fertigstellung mit Erdreich überzogen und begrünt.

Der kleinere Bunker in der Nähe des zweiten Turms konnte auch von der Baustelle nicht vollständig eingesehen werden, dafür war er zu weit weg und außerdem durch einen hohen Bretterzaun vor neugierigen Blicken geschützt.

Dieser militärische Teil der gesamten Anlage war nicht nur gegen Blicke geschützt, sondern wurde Tag und Nacht von Soldaten gesichert, die den Befehl hatten, niemand an dieses Gebäude heranzulassen, außer den Personen, die entsprechend autorisiert waren.

Die Soldaten selbst waren zu äußerster Geheimhaltung verpflichtet und etwaige Verfehlungen sollten streng bestraft werden.

So gelang es dem neugieren Soldaten Held nicht, etwas aus seinen Kameraden heraus zu quetschen, da die Angst vor Strafe zu groß und die Loyalität gegenüber dem Dienstherren zu stark war.

Was Held zu dieser Zeit nicht wissen konnte war, dass die natürliche Neugier später im Rahmen seiner Tätigkeit in dieser neuen Anlage automatisch befriedigt werden sollte.

Kurz vor Ende der Baumaßnahme wurde Held zu seinem Regimentskommandeur beordert.

Als er das Kommandantenzimmer betrat, kam Jodl freundlich lächelnd auf ihn zu, gab ihm die Hand und befahl ihm, sich auf den Stuhl vor seinem Schreibtisch zu setzen.

Held war sichtlich überrascht, denn als einfacher Soldat kannte er nur den Befehlston.

Jodl dagegen verwickelte ihn in ein eher privates Gespräch und nach einigen Minuten kam er zum Kern.

Held, Sie wissen ja bereits, dass man für die Funkanlage geeignete Leute sucht und Brose, den Sie bereits kennengelernt haben, hat mich vor einigen Wochen angerufen.

Ich muss nicht extra erwähnen Held, dass dieses Gespräch absolut vertraulich ist und Sie große Schwierigkeiten bekommen werden, wenn Sie etwas nach außen plaudern sollten.

Haben wir uns verstanden ? Held nickte eifrig, sprang vom Stuhl auf, salutierte und schrie „ Jawohl Herr Kommandant".

Jodl lächelte ihn jovial an und befahl Held ferner, sich wieder zu setzen.

Unteroffizier Held, ich sage ihnen erst etwas allgemeines und dann etwas absolut geheimes, was Sie unbedingt für sich behalten müssen. Sollten Sie sich nicht daran halten, können Sie wegen Hochverrats angeklagt und verurteilt werden. Was das bedeutet, muss ich ihnen nicht weiter erläutern.

So nun zum allgemeinen Teil. Der Polizeisender hat fünf etwa gleichartige Wohnungen.

Es ist geplant, dass vier zivile Funker mit ihren Familien einziehen, ihren Dienst aufnehmen und die Kommunikation hauptsächlich für verschiedene Polizeipräsidien im Reich sicherstellen sollen. Das ist auch schon alles was in der Öffentlichkeit bekannt werden darf.

Der militärische Teil ist deutlich vertraulicher. Wie Sie bereits festgestellt haben, ist etwas abseits ein weiterer Bunker gebaut worden, der rein militärisch genutzt werden soll. Brose hat aus Berlin zwei weitere Kameraden nach Emmering befohlen, die so wie Sie als Funker ausgebildet sind.

Ihr werdet in der Wohnung im Erdgeschoss einquartiert und keine Angst, für die Führung des Haushalts wird jemand eingestellt. Wir sind gerade auf der Suche.

Vor Dienstbeginn erhaltet ihr genauere Instruktionen. Soweit mir bekannt, geht es um Funkverbindungen zu U-Booten und militärischen Luftschiffen bzw. Anlagen. Dabei ist eine enge Zusammenarbeit mit den anderen im Reich verteilten Sendeanlagen und militärischen Stellen erforderlich, was hin und wieder mit Reisen zu tun haben wird.

Ich habe Sie deshalb vorgeschlagen, weil Sie noch ledig sind und die erforderliche Ausbildung haben. Brose war ohnehin von ihnen angetan und hat daher meinen Vorschlag sofort akzeptiert. Und wie ist es mit Ihnen. Können Sie sich einen solchen Einsatz vorstellen?

Held saß wie angeschraubt auf seinem Stuhl und strahlte mit großen Augen vor sich hin. Nie hätte er sich träumen lassen, für eine so wichtige Aufgabe ausgewählt zu werden. Ja Ja Jawoll Herr Kommandant, ich werde Sie nicht enttäuschen!

Held wollte gerade wieder zum Salutieren aufspringen, aber Jodl bedeutete ihm mit einer Handbewegung, dass er weiter sitzen bleiben sollte.

Nun dann kehren Sie wieder zu ihrem Einsatzort zurück. Soweit ich weiß, werden ab kommenden Monat bereits die Möbel geliefert und in etwa 5 Wochen kann die Besatzung einziehen.

Held verließ den Raum wie in Trance und reiste nach Emmering zurück. Während die Möbelpacker die Einrichtung ins Haus schleppten, wurde im hinteren Teil des Hauses ein kleiner in fünf Parzellen aufgeteilter Garten angelegt.

Um das Haus herum entstanden kleine Gartenlauben; für jede Wohnung eine. Am Ende des umzäunten Gartens wurde eine kleine Wiese angelegt und mehrere Betonpfosten versenkt.

Dort sollten in den Sommermonaten Wäscheleinen befestigt werden.

Die Neugier war zu groß. Held ging über eine Treppe des vorgelagerten Betonpodestes in das gelb gestrichene Haus. Über dem Eingang stand in großen Lettern „Polizeisender München". Nach einem kleinen Vorraum befand sich eine doppelflügelige Schwingtür und erst danach erreichte man das Wohnhaus.

Im Vorraum gab es links und rechts Türen. Über die linke Tür konnte man die Technikräume erreichen, die u-förmig an das Haus gebaut waren. Hinter der rechten Tür befand sich ein Dienstzimmer mit mehreren Schreibtischen.

Nach den Schwingtüren stand Held im Treppenhaus. Eine aus Holz gebaute Treppe führte zu den oberen Stockwerken.

Da ständig Möbelpacker rauf und runter eilten, beschloss Held die oberen Etagen zu einem späteren Zeitpunkt zu erforschen und ging daher zielstrebig auf eine in blauer Farbe gestrichenen Tür zu, die in den Keller führte.

Eine aus Beton gegossene Treppe führte hinab in das Untergeschoss. Oben war an der Seite ein schwarzer Lichtschalter mit Drehknopf angebracht, den er drehte. Sofort leuchteten die an der Decke montierten Schiffslampen auf und Held stieg hinab.

Unten angekommen stand er vor einem relativ großen Raum, der Waschküche. Auf der linken Seite dieses Raumes befand sich entlang der Wand ein cirka 1 Meter breite, aus Beton gegossene Ablagefläche an deren Ende ein Holzofen eingelassen war.

Darauf stand ein bulliger Waschkessel mit einem übergroßen Holzlöffel. Gegenüber waren an der Wand drei Waschbecken und eine darüber liegende Wasserleitung mit jeweils einem Auslass über den Becken montiert.

Held verließ die Waschküche und bog nach rechts ab zu den mit Latten abgegrenzten Kellerabteilen.

Bis auf das direkt an der Treppe gelegene Abteil hatten alle anderen jeweils ein kleines Kippfenster.

Somit drang genügend Tageslicht ein. Held war beeindruckt, kannte er doch aus seiner Kindheit nur Häuser mit einem wesentlich niedrigeren Standard.

Held ging wieder nach oben, losch das Licht und schloss die Tür. Gleich gegenüber öffnete er eine weitere blaue Tür und betrat die Erdgeschoss-wohnung, die er zusammen mit seinen Kameraden demnächst beziehen sollte.

Die Wohnung bestand aus etwa drei gleich großen Räumen, die alle gleich eingerichtet waren. In jedem Raum stand ein Bett mit Nachttisch, ein Kleiderschrank, eine Couch und davor ein kleiner Tisch mit zwei Stühlen.

In der breiten Diele gab es einen aus grüner Keramik gebauten Kachelofen, der die gesamte Wohnung beheizen konnte. Die separate Küche war etwas größer und mit einem breiten Holzofen, einem Küchenbüffet, diversen Schränken und einem in der Mitte stehenden Küchentisch mit vier Stühlen ausgestattet.

Das Bad hatte eine große Badewanne mit einem holzbefeuerten Warmwasserbehälter. Die Toilette hatte ein Fenster und ferner auch ein Waschbecken.

Alles in allem befand sich alles auf einem modernen Level. In den oberen zwei Etagen waren jeweils zwei Wohnungen, die genau so konzipiert waren und sich nur durch das familiengerechte Mobiliar unterschieden.

Held verließ das Haus und ging in den angrenzenden Garten. Die Parzellen waren mit kleinen Randsteinen aus Beton abgeteilt. Am Haus entlang war ein Schotterweg angelegt und mittig befand sich ein Betontrog mit einem Wasserhahn am linken Ende.

Held ging durch die Gartenanlage bis zum Ende und sah links versetzt vom Hauptgebäude eine Scheune aus Holz. Hier sollte für die Gemeinschaft das Brennmaterial eingelagert werden. Diese Scheune war ebenfalls gelb angestrichen.

Es war an alles gedacht worden und die neuen Bewohner konnten sich schon auf ihr neues Domizil freuen.

Im Herbst zogen die Bewohner ein und man traf sich in einer der Gartenlauben, um sich bekannt zu machen.

Kapitel - 6
Die Anlage geht in Betrieb

Der Herbst färbte bereits die Blätter und nachts konnte die Temperatur schon auf den Nullpunkt fallen. Ende September 1911 war die gesamte Technik geliefert und in Betrieb genommen worden.

Die Funker- Familien waren nach und nach im abgelegenen Polizeisender eingezogen und ferner auch die zwei Kameraden aus Berlin, die für den militärischen Teil der Anlage eingesetzt werden sollten.

Alfred Hirsch und seine Frau Rosa war zusammen mit seinen Kindern Claudia und Agathe als erster angekommen.

Held und seine zwei Kameraden sollten den Kontakt aus Gründen der Geheimhaltung zu den übrigen Bewohnern meiden. Lediglich Alfred Hirsch war Ihnen als Ansprechpartner zu den übrigen Funkern genannt worden.

Hirsch selbst war Anfang vierzig und hatte eine militärische Laufbahn hinter sich. Daher schien er als Verbindungsmann am geeignetsten.

Helds Kameraden aus Berlin machten sich nach Ihrer Ankunft mit ihm bekannt. Der eine, Gustav Lüttke, stammte wie er selbst aus einfachen Arbeiter-verhältnissen und hatte sich im Militär bis zum Unteroffizier hochgearbeitet.

Seine Familie lebte in Berlin und Lüttke war auch nicht verheiratet. Wie Held war er Anfang Zwanzig und vom Charakter eher locker und unverkrampft.

Ganz anders der weitere Kamerad, Hermann Hanke. Hanke war bereits Anfang dreißig und stand im Rang eines Leutnants. Damit war er der verantwortliche Führungsoffizier dieser kleinen Einheit. Hanke war ganz anders gebaut.

Er war ziemlich verschlossen, redete kaum und wenn dann nur über dienstliche Belange.

Ein selbstgerechter Narziss mit enormen Ehrgeiz. Lüttke wusste nicht viel über ihn, aber so viel hatten beide, Lüttke und Held bereits am ersten Tag begriffen, dass man Hanke gegenüber vorsichtig sein sollte.

Man schrieb den 30.09.1911. Es war ein wunderschöner Samstag im Herbst. Die Sonne schien und tagsüber gab es noch milde Temperaturen. Der Betrieb der Anlage sollte am kommenden Montag gestartet werden.

Weisungsgemäß wurde die Familie Hirsch von den Soldaten zu einem Grillfest in ihrer Laube eingeladen. Hanke hatte dies angeordnet, den Befehl hatte er wohl schon ein paar Tage vorher erhalten. Der Kontakt mit den übrigen Familien war nicht erwünscht.

Hirsch sollte in besonderen Lagen als Verbindungsmann zum zivilen Bereich der Anlage fungieren. Von den Soldaten wurden verschiedene Fleisch- und Wurstwaren gegrillt und Frau Hirsch steuerte einen leckeren Kartoffelsalat bei.

Man durchstreifte verschiedene Themen, vor allem mit familiären Hintergründen und der Nachmittag verlief ziemlich ausgelassen.

Für Hanke allerdings war diese Feier eher eine lästige Pflicht-übung. Er war teilnahmslos, sprach sehr wenig und man hatte den Eindruck, dass er lediglich anwesend war, um Konversationen über den militärischen Auftrag zu verhindern.

Als die Stimmung am späten Nachmittag ausgelassener wurde, stand Hanke mittendrin auf, bedankte sich bei Hirsch und befahl seinen Mannen in die Wohnung zu gehen. Hirsch war wie die Anderen ziemlich verdutzt, spürte aber, dass Hanke nicht mit sich reden lassen würde und bedankte sich für alles.

Held und Lüttke schlichen sich wie kleine Kinder in die Wohnung.

Am Montag war es dann soweit. Alle trafen sich im zivilen Funkbereich und wurden von Hirsch durch die Anlage geführt.

Die Funktürme waren schwarz angestrichen, damit die Sonne nicht reflektiert und somit die Türme nicht aus weiter Entfernung ausgemacht werden konnten.

Im Arbeitsbereich der Anlage standen verschiedene hochmoderne Apparaturen, die von den einzelnen Mitarbeitern bereits besetzt worden waren.

Die Stromversorgung war redundant aufgebaut. Primär erfolgte die Versorgung über eine eigens verlegte Stromleitung zu den Stadtwerken in Fürstenfeldbruck.

Bei einem Stromausfall konnte die Anlage über einen eigenen dieselbetriebenen Notstromaggregaten versorgt werden.

Der große Augenblick war nun gekommen. Der allererste Funkspruch sollte aus Berlin kommen und es war leicht zu erraten, wer in der Anlage in Berlin den Funkspruch auslösen sollte.

Kein geringerer als Karl Brose zeichnete hierfür verantwortlich und er schickte viele Grüße aus Berlin und natürlich vom Kaiser drahtlos über das gesamte Reich.

Nachdem die Aktion erfolgreich abgeschlossen war, brach im Funker -Büro großer Jubel aus.

Das Unternehmen war auf ganzer Linie erfolgreich verlaufen und die Männer fielen sich gegenseitig in die Arme. Zur Feier des Tages gab es ausnahmsweise ein kühles frisches Bier und dazu Weißwürste.

Held und seine Kameraden aber mussten das Büro auf Weisung von Hanke verlassen. Sie gingen zum abgelegenen Bunker, um dort ihre Arbeit aufzunehmen.

Der etwa zwanzig Quadratmeter große Raum war mit Technik vollgestopft. An einer Wand stand ein kleiner Schreibtisch mit einem Holzstuhl. Dort sollten die Funksprüche mit Hilfe von manuellen Verschlüsselungsmethoden ver- bzw. entschlüsselt werden. Diese Aufgabe sollte Hanke übernehmen.

Held und Lüttke waren für die technische Umsetzung verantwortlich.

Ferner gab es noch einen Fernsprecher, über den die einzelnen Nachrichten diverser militärischer Einrichtungen für den Funkversand eingingen.

Auch hier ging der erste Funkspruch aus Berlin ein. Ein nicht zu verstehender Kauderwelsch aus Zahlen und Buchstaben. Nach der Entschlüsselung nahm Hanke seinen Kameraden Held zur Seite und erklärte ihm den Inhalt.

Unteroffizier Held, es kam soeben der Marschbefehl für Sie. Morgen werden Sie nach München fahren und von dort aus geht es mit dem Zug nach Straßburg. Dort werden Sie dann von anderen Kameraden abgeholt.

Mehr darf ich Ihnen im Moment nicht sagen.

Kapitel - 7
Erster militärischer Auftrag

Held stand verloren am Bahnsteig mit seinem Tornister. Darin befand sich lediglich ein wenig Proviant für die Reise ins Unbekannte. Den Namen Straßburg hatte er schon mal gehört. Die Stadt im Elsass befand sich im südwestlichsten Zipfel des Reiches. Aber was sollte er da ? Eine Urlaubsreise war dies sicher nicht und so konnte er sich nur überraschen lassen.

Die große Dampflok samt mehreren Waggons lief ein. Für Held war das schon ein Abenteuer, denn er hatte solche Ungetüme wenn überhaupt dann nur aus der Ferne gesehen.

Als Militärangehöriger durfte er kostenfrei reisen und der Schaffner wies ihm einen Platz im hintersten Waggon zu. Für die lange Reise war dies von Vorteil, da man vom Rauch der Lokomotive nicht so viel abbekam. Allerdings waren die harten Holzbänke nicht zum Schlafen geeignet. Die Fahrt sollte die ganze Nacht dauern.

Die Aufregung vertrieb jedoch jede Müdigkeit und so genoss Held die vorbeiziehende Landschaft solange noch die Sonne schien.

Später fielen dann doch die Augen zu und Held wurde von kreischenden und quietschenden Bremsen wieder geweckt, als der Zug im Straßburger Bahnhof einlief.

Am Bahnsteigende wurde er von zwei deutschen Soldaten begrüßt und man brachte ihn zu einem kleinen Militärlaster für die Passage zu seinem Einsatzort.

Einer der Soldaten setzte sich zu ihm auf die Ladefläche und versorgte Held mit einer kleinen Flasche Rotwein, Käse und einem Baguette. Sie kamen schnell ins Gespräch und Heinz, so der Name des Kameraden lüftete das Geheimnis.

Das Ziel war die Feste Kaiser Wilhelm II bei Mutzig, ein Ort etwa 20 Kilometer westlich von Straßburg. Nach etwa einer Stunde erreichten sie eine Kuppe und das Fahrzeug blieb stehen.

Die Soldaten sprangen vom LKW und gingen ein paar Schritte zum höchsten Punkt der Kuppe.

Da lag sie nun auf zwei Höhen:

Die Festung Kaiser Wilhelm II auf einer Fläche über 250 Hektar aufgeteilt in ein West-bzw. Ostfort. Die mächtigen Geschützbatterien mit Schirmlafetten-Kanonen, Kuppelpanzer mit Haubitzen bzw. Kanonen und einige Fahrpanzer waren selbst aus dieser Entfernung gut zu erkennen.

Beide in Dreiecksform gebaute Forts sollten das Breuschtal gegen feindliche Angriffe von Süden her abriegeln und zudem den Eisenbahnknotenpunkt Molsheim sichern.

Aktuell wurde an einem 25 Meter breiten Drahthindernis gebaut, um die Festungsbauten zusätzlich abzusichern.

Held kam aus dem Staunen nicht mehr heraus. Zuerst die erste längste Reise seines bisherigen Lebens und dann diese mächtige Anlage, die nach seiner Einschätzung unüberwindbar zu sein schien.

Heinz stand mit breiten Beinen und die Hände in den Hüften gestützt neben Held und erklärte ihm in groben Zügen die Festungsanlage.

In unmittelbarer Nähe gab es drei Kriegskasernen, die im Ernstfall bis zu 6.500 Mann aufnehmen konnten. Im Frieden waren etwa 1.500 Mann hier stationiert.

In den Festungen gab es diverse Einrichtungen wie Küchen, Bäckereien, Operationssäle und Sanitätsstationen. Die Wasserversorgung wurde mit vier Tiefbrunnen, von denen einer 223 Meter maß, und Zisternen sicher gestellt.

Die Stromversorgung konnte über weitere vier Kraftstationen erfolgen, die mit Deutz-Dieselmotoren bestückt waren.

Somit konnte die gesamte Anlage im Kriegsfall mindestens 3 Monate autark betrieben werden.

Die Kommunikation innerhalb der Anlage lief über Fernsprechverbindungen, die bereits 1903 eingebaut worden waren. Am meisten jedoch interessierte Held sich für die im Ostfort befindliche Funkstation. Kamerad Heinz war zugleich sein Verbindungsmann, denn nun wurde ihm sein Einsatzbefehl gegeben.

Held sollte an Versuchen teilnehmen, die nicht nur geheim waren sondern auch technisch anspruchsvoll.

Die Männer stiegen wieder in den Laster und fuhren Richtung Ostfort.

Dort angekommen stiegen sie in die Katakomben des Forts hinab und Held bekam einen Schlafplatz zugewiesen. Obwohl alles sehr befremdlich und aufregend für ihn war, fiel er schnell in einen tiefen Schlaf. Die Sonne war gerade am Horizont und es dämmerte bereits.

Held schlief auf der eher unbequemen Pritsche bis zum nächsten Morgen, als er wie alle anderen um 06:00 Uhr geweckt wurde.

Er zog sich an, machte sich im Waschraum etwas frisch und begab sich zum Mannschaftsraum für das Frühstück.

Heinz war schon am Tisch und begrüßte ihn freundlich. Na Josef, du hast ja von gestern nicht mehr viel mitbekommen.

Die Fahrt war doch etwas anstrengend oder ? Dann hau mal richtig rein, denn der Tag wird lang.

Held lachte und genoss die Leckereien aus dem für ihn fremden Land. Danach gingen sie zu den Funkräumen.

Held war schnell mit der Anlage vertraut und setzte vorgegebene Nachrichten in seine Heimat ab. Er lernte dabei auch die Verschlüsselung der Funksprüche.

Die Abende verbrachte Held mit seinen Kameraden bei Sport und Kartenspiel oder er ließ sich durch die Anlage führen. Die Bewaffnung war vielfältig und eindrucksvoll. Neben den Kanonen und Haubitzen gab es auch Maschinengewehrstellungen und Fahrpanzer auf ganz normalen Holzlafetten auf Rädern aus Holz mit Eisenringen, erste Vorläufer der später entwickelten Panzer.

Die Panzerkuppeln waren bis zu 60 Tonnen schwer und schützen die darunter liegenden Haubitzen und Kanonen.

Für einen einfachen Landburschen war diese Sammlung von Militärtechnik einfach überwältigend. Schade nur, dass er aus Geheimhaltungsgründen niemanden davon erzählen durfte.

Held war sehr pflichtbewusst und würde niemals seinen Eid brechen.

Nach etwa sechs Wochen war die Arbeit längst zur Routine geworden aber nicht langweilig, denn Held machte diese Arbeit mit großer Leidenschaft und natürlich immer in der Hoffnung, dass es beim Üben bleiben würde.

Mit den Kameraden, vor allem Heinz verstand er sich gut und daher empfand er das Militärleben nicht als belastend.

Nach Dienstschluss ging er wie üblich in den Mannschaftsraum zum Essen. Heinz wartete schon auf ihn und man verabredete sich mit einem weiteren Kameraden zum Skat, denn draußen war es ungemütlich. Es stürmte und regnete.

Für den nächsten Tag wurde deutlich besseres Wetter erwartet und Heinz hatte ihm mitgeteilt, dass ein Außeneinsatz anstand.

Gleich nach dem Frühstück stiegen er und Heinz in einen kleinen Laster und fuhren in nördlicher Richtung davon.

Nach etwa drei Stunden Fahrt durchquerten sie ein kleines Waldstück. In der Ferne konnte man Baracken und einen riesigen Masten hinter einem Stacheldraht erkennen. Held fragte den ansonsten sehr wortkargen Kameraden Heinz was sie hier erwarten würde.

Lieber Josef, das ist ein Fliegerhorst, wo wir heute einen weiteren Test durchführen werden. Lass dich überraschen!

Sie kamen an ein Holzgatter, das durch mehrere bewaffnete Soldaten gesichert war. Heinz zeigte einem der Soldaten ein Stück Papier. Nachdem dieser es gelesen hatte, salutierte er und befahl den anderen Soldaten, das Gatter zu öffnen.

Sie fuhren auf die Baracken zu. Dahinter befand sich eine große Wiese und am Rand lagerten mindestens zwanzig weitere Kameraden.

Heinz parkte den Laster vor einer der vier Baracken und sie stiegen aus und gesellten sich zu den anderen Soldaten.

Was passiert jetzt fragte Held und Heinz sagte nur abwarten.

Das Motorengeräusch war anfangs ziemlich leise, wurde aber schnell lauter.

Held konnte sich keinen Reim darauf machen und blickte ängstlich in Richtung des zunehmenden Lärms. Heinz konnte sich ein Grinsen nicht verkneifen, rückte aber immer noch nicht mit dem Geheimnis heraus.

Mittlerweile war es sonnig geworden und der heftige Sturm des Vortages war zu einer kleinen Brise abgeflaut. Ideale Bedingungen für das was nun folgen sollte.

Zuerst war nur ein kleiner schwarzer Punkt am Horizont zu erkennen. Er wurde allerdings rasch größer und das Donnern der vier Maybach-Motoren machte nun eine Unterhaltung unmöglich.

Langsam konnte man es erkennen. Es war ein Luftschiff, Marke Schütte-Lanz.

Das Luftschiff hielt auf die Wiese zu und Held warf sich ängstlich auf den Boden. Nun konnte Heinz das Lachen nicht mehr zurück halten und schlug sich vor Vergnügen auf seine Oberschenkel. Held bemerkte dies und stand etwas verschämt wieder auf.

Das Luftschiff war nun über einen gekennzeichneten Lande-punkt. Aus der Gondel und am Bug des Schiffes fielen Taue herab.

Die Soldaten rannten los und packten die Taue, um das Schiff in Landeposition zu halten. Langsam kam es runter und wurde endlich mit den Tauen am Ankermast verbunden.

Komm schrie Heinz und rannte in Richtung der Kommando-gondel davon. Bevor Held die Lage begriff, rannte er ebenfalls los und stieg hinter seinem Kameraden in die Gondel.

Kaum waren sie zugestiegen, gab der Kapitän den Befehl zum Abheben. Wieder donnerten die Motoren und als die Mindest-höhe erreicht war sah Held, wie der Flugplatz, die Baracken und Soldaten immer kleiner wurden.

Guten Morgen Herr Unteroffizier ! Plötzlich stand der Kom-mandant neben Held und grinste ihn schelmisch an. Na das ist wohl ihre erste Fahrt nicht wahr ?

Held war ganz bleich im Gesicht und stotterte: jaja Herr Kapi-tän.

Mein Name ist Hugo Eckener und ich werde sie nach Nordholz bringen.

Eckener war einer der Luftschiffpioniere und sollte später als "Papst der Luftschifffahrt" zumindest in Militärkreisen berühmt werden.

Ich schlage vor, dass sie zuerst den Schutzanzug anziehen. Wir fahren über Nacht in großer Höhe. Da kann es schon etwas frisch werden!

Heinz stand bereits neben Held und reichte ihm einen mit Lammfell gefütterten Ganzkörperanzug. Er selbst war schon in der Montur.

Held spürte bereits die Kälte und zog rasch die Montur über. Das mächtige Luftschiff war erst vor kurzem in Dienst gestellt worden und daher war es auch die erste große Fahrt für alle Beteiligten.

Der Auftrag bestand darin, einer vorgegebenen Flugroute folgend Navigation und Orientierung zu üben und mittels Funktelegrafen mit verschiedenen Bodenstationen zu kommunizieren.

Das sollte von Held erledigt werden, da dieser als einziger Passagier das Morsealphabet und die Funktechnik beherrschte.

Held dachte aber erst mal nicht daran. Es war viel zu aufregend für ihn und daher starrte er aus dem Bullauge auf die vorbeifliegende Landschaft unter ihm.

Häuser, Bäume, kleine Flüsse und vereinzelt auch Bauern auf den Feldern sahen aus wie Kinderspielzeug.

Im Rausch der Sinne fühlte er sich wie ein übermenschliches Wesen, das nicht mehr den Gravitationsgesetzen unterworfen war und vollkommen über den Dingen stand.

Sie flogen ostwärts in Richtung München.

Der Navigationsoffizier malte Linien auf eine Karte und ferner berechnete er für die Navigation wichtige Daten auf einem Holztisch, der mittschiffs an der Steuerbordseite angeschraubt war.

Der Steuermann hielt sein Ruder fest, das ebenso gebaut war wie zu dieser Zeit übliche Schiffsruder.

Vor Ihm stand ein Beobachter, der mit seinem Fernglas in Flugrichtung blickte.

Plötzlich wurde Held aus seinen Träumen gerissen.

Josef schrie Heinz, Josef komm rüber !

Auf der Backbordseite war ebenfalls auf einem kleinen Tisch ein Telegraf angeschraubt. Die erforderliche Schleppantenne war bereits von der Mannschaft ausgefahren worden.

Held ging wie in Trance die paar Meter rüber zu dem Apparat und Heinz gab ihm einen Zettel mit der Botschaft, die nun übermittelt werden sollte.

Es war militärisch knapp und eher banal: Sind pünktlich gestartet. Stop. Flug läuft planmäßig. Stop. Nächster Punkt Dresden. Stop. Eckener

Was Held vermutete, wurde von Heinz mit einem süffisanten Lächeln bestätigt.

Der Funkspruch wurde von seinem Polizeisender aufgenommen und an eine militärische Dienststelle in Berlin weitergeleitet.

Held verspürte unheimlichen Stolz und als ob es sein Kumpel Heinz ahnte, klopfte dieser anerkennend seine Schulter.

So jetzt hast du erstmal für etwa 4 Stunden Ruhe. Wir haben Gegenwind und der Navigator meinte, dass es etwas dauern könnte, bis wir Dresden erreichen.

Komm lass uns zu Mittag essen.

Heinz öffnete im hinteren Teil der Gondel eine schmale Holztür und verschwand in einem kleinen Raum. Es war tatsächlich eine kleine Kombüse mit einem Tisch und 3 Stühlen. In einem Schrank befand sich Proviant: mehrere Laib Brot und etwas Gemüse und Obst.

Na davon sollen wir satt werden fragte Held. Das ist eher was für Rindviecher.

Heinz lachte und öffnete einen Deckel am Boden. Darunter war ein Behälter, der vom Fahrtwind gekühlt wurde. Und da waren die wirklichen Leckereien wie Wurst, Käse und Bier.

Man konnte über die Luftfahrt sagen was man wollte, aber die Verpflegung war wirklich gut und die beiden ließen es sich schmecken.

Anschließend gönnten sich die beiden sogar ein kleines Nickerchen am Boden der Gondel aber außerhalb der Kombüse, da nach und nach die übrigen Besatzungsmitglieder ihren Hunger stillen wollten.

Bei Dresden musste nicht nur ein Funkspruch abgesetzt, sondern zum Diesel fassen auch zwischengelandet werden.

Dieses Mal lief die Aktion unter großem Zeitdruck, da man den Ernstfall simulieren wollte.

Die vorgegebene Zeit wurde um 3 Minuten überzogen und der Kapitän war stinksauer. Held musste dies an die Bodenstation morsen, wählte aber weniger drastische Worte als sein Kapitän.

Dieser war in der Kombüse verschwunden und machte erst mal seine Pause.

Eckener war ansonsten ein eher gemütlicher, freundlicher und jovialer Typ, der auch mal einen Witz erzählte.

Wenn es aber um die Erfüllung seiner Aufgaben ging, kannte er keinen Spaß mehr und war auch nicht mit 99 % Leistungserfüllung zufrieden. Da konnte er zum Tier werden und man ging ihm besser für eine Zeitlang aus dem Weg, bis sich die Lage wieder beruhigt hatte.

Die Reise ging weiter in nördlicher Richtung. Held begriff langsam den sogenannten Auftrag. Die Route führte entlang der bereits aktiven Sender um einerseits die Navigation zu erproben und andrerseits Notrufe absetzen zu können, falls das Luftschiff in Schwierigkeiten geraten sollte.

Und er, der kleine Unteroffizier, der bis dahin nichts von der Welt gesehen hatte, war bei dieser ersten militärischen Pioniertat dabei. Held fasste dies als große Ehre auf und war gleichzeitig überglücklich, den Soldatenberuf gewählt zu haben.

Das Luftschiff drehte nun langsam nach steuerbord. Held wunderte sich etwas, aber Heinz beruhigte ihn. Wir fahren nach Breslau lieber Josef brüllte er, da das Motorengeräusch ihn dazu zwang.

Von Breslau geht es dann weiter Richtung Berlin. Berlin bei Nacht mein Junge ! Da werden dir die Augen ausfallen ! Heinz grinste über das ganze Gesicht.

Und so war es. Sie flogen bei Nacht über die Reichshauptstadt. Held stand wie hypnotisiert am Bullauge und sah auf die beleuchtete Stadt hinunter.

Wie riesig sie war. Dagegen war München ein Dorf. Nun gut, im Detail war nicht viel zu erkennen. Das Lichtermeer war trotzdem faszinierend. Nur blöd, dass er seine Freude mit niemanden teilen durfte aufgrund der Geheimhaltung.

Aber was soll's dachte Held, das hier kann mir niemand mehr nehmen.

Wieder drehte das Luftschiff nach steuerbord.

Wir fliegen Richtung Königsberg und drehen dann auf etwa der halben Strecke um. Dann geht es am Ostseestrand über Rostock und Lübeck rüber nach Nordholz, den ersten Marineflugplatz des Reiches.

Wenn wir Glück haben, dann liegt eins der neuen U-Boote im Hafen. Das sollten wir uns auch anschauen, da die Boote auch mit Funk ausgerüstet werden sollen. Heinz nahm ein Fernglas und schaute in die schwarze Nacht hinaus. Und tatsächlich konnte man immer wieder ein Feuer am Boden erkennen. Weitere Navigationshilfen.

Als sie die Ostseeküste erreichten und an der Küste entlang fuhren, konnte man vereinzelt die Positionslichter von Schiffen sehen oder die Gischt der Ostseewellen.

Nicht ganz so aufregend wie Berlin, aber trotzdem interessant. Held hätte sowieso trotz des Lärms nicht schlafen können. Sein Körper war mit Adrenalin vollgepumpt und das verhinderte einfach die Müdigkeit.

Das Deutsche Reich war auf militärischen Gebiet technologisch gesehen ganz vorn im Vergleich zu anderen Großmächten wie England, Frankreich oder Russland. Aber wohin sollte dieser Vorsprung führen ? Held wollte diese Gedanken nicht weiter verfolgen.

Dann wieder ein Lichtermeer einer großen Stadt: Rostock.

Es war bereits gegen 4 Uhr morgens und nach einem weiteren Funkspruch war klar, dass sie trotz der Verzögerung bei der Zwischenlandung im Zeitplan lagen.

Eckener war wieder zufrieden und lobte nun seine Mannschaft.

Nachdem sie auch Lübeck überfahren hatten, drehte das Luftschiff in die erforderliche Richtung und im Morgengrauen wurde dann das Landemanöver eingeleitet.

Die Motoren wurden gedrosselt und am Boden sah man einige Soldaten, die wie ein Hühnerhaufen auf der Wiese umherrannten.

Das Luftschiff ging nun vor Anker, was lediglich bedeutete, dass es am Ankermasten andockte. Nun verstummten die Motoren und unter dem Jubel des Bodenpersonals stiegen die Helden der Luftfahrt aus der Gondel aus.

Held glaubte seinen Augen nicht zu trauen. Vor ihm stand Brose und klopfte ihm auf die Schulter.

Gut gemacht mein Junge, die Mission war sehr erfolgreich. Der Kaiser wird sehr zufrieden sein. Danach wandte er sich zu Eckener um und verbeugte sich tief.

Das war eine Meisterleistung Herr Kapitän. Ich bin befugt ihnen mitteilen zu dürfen, dass ich ihnen im Namen des Kaisers einen Orden verleihen darf und zog eine kleine Kiste aus seinem Mantel heraus.

Das Bodenpersonal und ferner die Luftfahrer (auch die Mannschaft des Luftschiffes, die in einer weiteren Gondel am Heck des Schiffs untergebracht war) hatten sich in einer Reihe aufgestellt, um dem Ereignis einen festlichen Rahmen zu geben.

Brose salutierte zackig und hängte dann Eckener den Verdienstorden um. Die Mannschaft jubelte und Eckener wirkte in seiner Bescheidenheit fast verschämt. In einer der Baracken war ein Frühstück vorbereitet worden und das ließ die Mannschaft ein weiteres Mal jubeln.

Brose nahm Eckener zur Seite und wollte jede Minute der Luftfahrt erklärt haben. Dazu rauchte er seine obligatorische Zigarre.

Heinz und Held saßen am Tischende und redeten ebenfalls über das nun überstandene Abenteuer.

Held - nach dem Essen legen wir uns ein paar Stunden hin und dann gibt es die nächste Überraschung. Heinz grinste wieder verschmitzt und stand auf. Sie gingen in eine der Baracken und jeder legte sich auf eine Pritsche.

Beide schliefen sofort ein und wurden am Nachmittag von einem Kameraden geweckt. Der Laster ist da. Abfahrt in 10 Minuten ! Der Soldat ging wieder hinaus.

Na dann haben wir noch etwas Zeit sagte Heinz und hielt seinem Kameraden eine Packung Zigaretten entgegen, während er sich eine ansteckte.

Held war aber überzeugter Nichtraucher und lehnte dankend ab.

Die Fahrt mit dem Laster dauerte nicht lange und endete im militärischen Bereich des Hafens in Wilhelmshaven und da lag es nun vor Anker.

Mit einer Länge von knapp 60 Metern, einer Breite von 6 Metern und einer Verdrängung von 493 Tonnen über und 611 Tonnen unter Wasser war die U 9 eines der modernsten U-Boote seiner Zeit.

An einer Mole lehnte lässig eine Zigarette rauchend der Kapitän Otto Wittegen und begrüßte die zwei Landratten, wie er es süffisant zum Ausdruck brachte.

Am 22.09.1914 sollten unter dem Kommando von Otto Wittegen 3 britische Panzerkreuzern (HMS *Aboukir*, HMS *Hogue* und HMS *Cressy*) versenkt werden.

Sie gingen an Bord und Wittegen lotste sie durch das ganze Boot. Held war derart überwältigt, dass er wie in Trance hinter dem Kapitän und seinem Kameraden durch das Boot stolperte. Er sah nur noch Hebel, Rohre und Handräder und dazwischen das Gesicht eines verschwitzten Matrosen.

Irgendwie war alles so unwirklich wie aus einer anderen Welt. Immerhin waren diese Maschinen streng geheim und für einen Provinzler ohnehin nicht erreichbar.

Seis drum, von nun an war Held davon überzeugt, dass es nichts auf der Welt geben könnte, was dem deutschen Kaiserreich gefährlich werden könnte.

Nach etwa einer Stunde war der Rundgang beendet. Sie verabschiedeten sich von Wittegen und fuhren zur Kaserne zurück.

Held konnte fast die ganze Nacht vor Aufregung nicht schlafen, war aber zufrieden mit sich und der Welt und glaubte auch, ein kleiner Teil von etwas ganz Großem zu sein.

Er war das erste Mal richtig stolz auf sich und freute sich schon auf die Rückfahrt zu seinem Polizeisender. Denn diese musste mit dem Zug erledigt werden, weil der Zeppelin für 2 Wochen zur fälligen Wartung gebracht wurde.

Die Zugfahrt dauerte lange, zumal Held und Heinz mehrfach umsteigen mussten. In Köln trennten sich die Wege und man versprach sich, weiterhin in Kontakt zu bleiben.

In München wurde Held von einem Militärlaster abgeholt und nach weiteren zwei Stunden tauchte in der Abenddämmerung gelb leuchtend sein Sender hinter einer Baumreihe auf.

Held fühlte sich zuhause und freute sich schon auf den Grillabend mit seinen Kameraden.

Kapitel - 8
Der Untergang der menschlichen Kultur

Von der Heydte saß Zigarre rauchend im Pavillon seines Gartens mit einem Glas Rotwein und der Tageszeitung. Es war ein lauer Sommerabend im Juli 1914 und trotz des schönen Wetters waren seine Gedanken schwer und von Pessimismus geprägt.

Im beruflichen Bereich konnte es nicht besser sein. Der von ihm mit initiierte Polizeisender fand nach seinem Bau große Beachtung bei den Eliten des Landes und in weiten Teilen der Bevölkerung. Zusätzliche Aufwertung erlangte das Projekt durch die kommende militärische Nutzung und die damit verbundene vermeintliche Stärkung des Vaterlandes.

Er selbst war 1913 zum Senatspräsidenten am Verwaltungsgerichtshof berufen worden, ein weiterer Karriereschritt. Aufgrund einer Erkrankung war er in den einstweiligen Ruhestand versetzt worden. Es machte ihm aber nichts aus, da nun sein Leben in ruhigere Bahnen gelenkt worden war.

Ganz anders die Entwicklungen im privaten Bereich.

Nach dem Tod ihres geliebten Vaters vor etwa einem Jahr fiel Luise in eine tiefe Depression und fing auch wieder zu trinken an.

Julius hatte dies nicht sofort bemerkt, da er es vorzog, möglichst oft in seiner Stadtwohnung zu nächtigen. Die Ehe mit Luise war für ihn längst zu einer Belastung geworden und außerdem konnte er so viel mehr Zeit mit der Frau verbringen, die er wirklich liebte.

Dieser Rückfall von Luise unterschied sich dadurch von der Vergangenheit, dass sie sich nach kurzer Zeit gar keine Mühe mehr gab, das Ganze zu vertuschen.

Auch emotional gesehen verlief alles anders. Luise war längst nicht mehr so aufbrausend, sondern vegetierte völlig apathisch vor sich hin.

Ihre einzige Sorge war der Nachschub an Alkohol. Sie kümmerte sich um gar nichts mehr; nicht mal um sich selbst.

Eine Degeneration, die im absoluten Kontext zur aktuellen politischen Entwicklung im alten Europa stand. Nur war bei den herrschenden Eliten nicht Alkohol der Treibstoff des Wahnsinns, sondern überholte Wertvorstellungen, Eitelkeit und eine beinah an Irrsinn grenzende Verkennung der Realität.

Luise steuerte ohne es zu ahnen direkt auf ihren persönlichen Untergang zu und sollte sich im ersten Kriegsjahr 1915 im Keller ihres Hauses erhängen.

Direkt über einem Haufen leerer Rotweinflaschen, die vor dieser Tat den Untergang beschleunigt hatten und in dieser Szenerie wie ein Grab aus Glas wirkten.

Von einem befreundeten Arzt wurde eine Lungenentzündung attestiert, damit wenigstens der gesellschaftliche Schaden und die damit verbundene Reputation von Julius geschont werden konnte.

Ganz anders Clara. Bereits kurz vor dem Attentat auf den österreichischen Thronfolger Ende Juni 1914 war sie mit ihrer Theatertruppe zu einer Tournee nach Schottland abgereist und weilte aktuell in Edinburgh.

Julius hatte ihr bereits telegrafiert aufgrund des drohenden Krieges so lange in Schottland zu bleiben, bis sich die Lage wieder entspannen sollte.

Sie war damit einverstanden und von der Heydte hatte eine größere Summe Geld nach Edinburgh transferiert.

Dies tat er schweren Herzens, denn Clara brachte viel Licht in sein Leben und lenkte seine Gedanken von Luise und der Verantwortung, die er nach wie vor für sie fühlte, in einen erträglichen Orbit.

Leider gab es keine Alternative für diese Entscheidung.

Der Krieg stand nun bevor und nicht nur die Irren an der Spitze ihrer Völker sondern auch große Teile der Bevölkerung begrüßten mit großer Begeisterung den Untergang einer alten Hochkultur, unendliches menschliches Leid und die Vernichtung jeglichen menschlichen Verstandes.

Im ganzen Kaiserreich wurden bereits seit Wochen die Streitkräfte mobilisiert. Der Ausbruch des Krieges stand unmittelbar bevor und keiner konnte auch nur im Ansatz das Ausmaß dieses Infernos abschätzen.

Trotzdem wurde gejubelt und Soldaten zogen mit Blumen in ihren Gewehren in Richtung der Schlachtfelder. Man fühlte sich von Feinden umzingelt und folgte ohnehin seinen autoritären Herrschern ohne nachzudenken und wenn es sein musste, dann auch direkt in ein Grab.

Ein Einzelgrab hat standardmäßig etwa eine Länge von 2,20 m, eine Breite von 1,00m und eine Tiefe von ca.1,70 m.

Bei diesem Krieg wurden jedoch Massengräber benötigt in exponentiell steigenden Ausmaßen.

Das menschliche Leid konnte nicht in Zahlen gemessen werden. Das Meer an Tränen, die Verzweiflung aller direkt oder auch indirekt Beteiligter erreichte eine bisher in der Geschichte der Menschheit nie dagewesene Dimension.

Das alles wurde von einem kleinen Kreis geistig degenerierter Herrscher verursacht, die allesamt für ihre Entscheidungen nach dem Krieg nicht zur Verantwortung gezogen wurden. Sieht man vom Schicksal der Romanows mal ab.

Nur wenige Zeitgenossen erkannten den Irrsinn und nur wenige der Wenigen wagten Kritik. Schließlich waren die Anführer der Monarchien von einer höheren Stelle berufen worden und somit jenseits jeglichen Zweifels.

Zudem war in schweren Zeiten unbedingte Loyalität gefragt und wer die Entscheidungen der Mächtigen anzweifelte wurde schnell als Vaterlandsverräter gebrandmarkt.

Julius gehörte zu den Zweiflern. Er kannte aber auch die Konsequenzen und beschloss daher, sich nicht in politische Diskussionen zu verstricken.

Seine Gedanken waren ohnehin weit weg in einem Land, das er persönlich nicht kannte und das aber momentan eine tragende Rolle in seinem Leben einnahm.

Das Schicksal ist eine Hure. Wenn man einerseits etwas bezahlt, bekommt man andrerseits etwas zurück. Die Frage war also, was Julius für seine Clara zu bezahlen hatte.

Diese Frage wurde im April 1915 im Keller seines Hauses beantwortet.

Kapitel - 9
Operation Gericht

Man schrieb den 21. Februar 1916 und Held stand am Waldrand eines Landes, das er nicht kannte und wohin er unter diesen Umständen auch nicht gereist wäre.

Aber nun stand er da, weil andere für ihn entschieden hatten und er seinen Dienst nun nicht mehr in seinem geliebten Polizeisender verrichten durfte sondern in einer Hölle namens Verdun.

Er schaute auf seine Taschenuhr- es wahr 08:10 Uhr und er wusste dass er noch etwa 2 Minuten Zeit hatte eine intakte Welt wahrzunehmen.

In den letzten Wochen war unter größter Geheimhaltung eine logistische Meisterleistung erfolgt.

Auf engstem Raum wurden 1.220 Geschütze zusammengezogen, während 1.300 Munitionszüge zweieinhalb Millionen Artilleriegeschosse an die Front transportiert hatten.

Dazu eine riesige Menge an Menschenmaterial.

Held blickte sich um und sah in den Augen seiner Kameraden Angst, Verzweiflung aber auch Zuversicht und manchmal wilde Entschlossenheit.

Ursprünglich sollte am 12.Februar der Angriff gestartet werden. Wegen schlechten Wetters musste der Termin immer wieder verschoben werden.

Vielleicht hätte ein termingerechter Angriff einen anderen Verlauf genommen, denn auf französischer Seite wurde man sich erst am 10. Februar trotz mehrfacher Warnungen des Geheimdienstes der Gefahr bewusst.

Aber so konnte auf Seiten der Verteidiger auch noch Kriegsgerät und Menschenmaterial herangeführt werden für die künftigen Massengräber rund um Verdun.

Held kuckte nochmals auf seine Taschenuhr, die gerade 08:11 Uhr anzeigte und dann sah er sie über der Stadt und er war sich sicher, dass nur er sie sah.

Eine riesige Uhr. Diese war aber anders. Die Umrandung und auch die Stundenabschnitte waren schwarz auf einem weißen Grund.

Zudem hatte sie nur einen Sekundenzeiger, der punkt 08:11 Uhr deutscher Zeit startete. Je näher der Zeiger an die nächste volle Minute rückte, desto mehr veränderte sich die Farbe der Uhr und des Zeigers.

Von Schwarz in ein helles Rot, das in den letzten 15 Sekunden dunkelrot wurde und schließlich löste sich die Uhr in einem gigantischen Strom dunkelroten Blutes auf, das die ganze Umgebung überschwemmte.

Um Punkt 08:12 Uhr deutscher Zeit feuerte das Schiffsgeschütz „Langer Max" eine Granate auf das 27 Kilometer entfernte Verdun ab als Signal für den Angriff.

Danach eröffneten 1220 deutschen Geschütze aller Kaliber gleichzeitig das Feuer auf die französischen Stellungen und auf das Hinterland.

Die Soldaten auf beiden Seiten waren aufgrund der Intensität des Bombardements so schockiert, dass sie minutenlang zu keiner Bewegung fähig waren.

Der Beschuss zog sich über neun Stunden hin und endete erst um 17:00 Uhr Ortszeit, damit Sturmtruppen das Terrain aufklären konnten.

Der erste Tag forderte auf deutscher Seite lediglich 600 Tote bzw. Verwundete und veranlasste die Kriegsmathematiker einen nicht so blutigen Verlauf der Schlacht zu prognostizieren.

Ein fataler Irrtum. Auf beiden Seiten sollten bis Februar 1916 mehrere hunderttausend der Jugend geopfert werden, die eigentlich die Zukunft der Länder bedeuteten.

Die Aufgabe von Held war zunächst die Kommunikation zwischen den Stabsstellen und den Frontkämpfern mittels Fernsprechern und Funk herzustellen und so war er vorerst nicht an Kampfhandlungen beteiligt.

Am nächsten Tag wurde er zum Kompaniechef gerufen und da erfuhr er von einem geheimen Angriff auf das Fort Douaumont.

Held sollte als Funker diese Aktion begleiten.

Ursprünglich sollte sich das Infanterie-Regiment 24, dem Held nun zugeteilt war, etwa einen Kilometer vor dem Fort Douaumont verschanzen, um das Vorgehen des Grenadier-Regiments 12 gegen das Dorf Douaumont zu unterstützen.

Die Soldaten des Regiments arbeiteten sich jedoch eigenmächtig bis an das Fort heran und warfen die außen verteidigende französische 37. Division zurück.

Ein Unteroffizier namens Kunze entdeckte einen direkt in das Fort führenden Schacht, den er mit Hilfe einer von seiner Truppe gebildeten Menschenpyramide betreten konnte.

Während Kunze das oberste Stockwerk des Forts erkundete, verschafften sich Leutnant Radtke, Hauptmann Hans-Joachim Haupt und einige ihrer Soldaten ebenfalls Zutritt.

Oberleutnant Cordt von Brandis stieß erst viel später zu ihnen.

Die aus 67 Soldaten bestehende französische Garnison wurde von etwa 20 deutschen Eindringlingen – ohne einen einzigen Schuss abzugeben – überrumpelt und zur Aufgabe gezwungen.

Held war von Anfang an dabei und folgte Kunze mit einem Gewehr bewaffnet bis zum Kommandostand, um den Festungskommandanten gefangen zu nehmen und die Funkstation zu besetzen.

Auch diese Aktion wurde ohne Blutvergießen erledigt und Held konnte einen Funkspruch an die Kameraden absetzen, der nicht nur an der Front sondern auch im gesamten Reich wie eine Bombe einschlug.

Im Überschwang der Gefühle wurde bereits der Sieg in der Schlacht um Verdun gefeiert und im Reich läuteten die Kirchenglocken.

Wie in dieser Zeit üblich wurden nur die Offiziere Haupt und von Brandis mit dem Orden Pour-le-Mérite geehrt. Alle anderen Soldaten waren unwichtig.

Held und die anderen Soldaten wurden aber von ihren Kameraden nach ihrer Rückkehr gebührend gefeiert und wieder war das Gefühl da, etwas wichtiges in einer großen Sache zu sein.

Zu diesem Zeitpunkt glaubte Held noch an die Parolen der Kriegstreiber und brannte daher auf den nächsten Einsatz im Feld.

Er musste nicht lange warten.

Am dritten Angriffstag wurde in seinem Regiment ein Stoßtrupp gebildet, um das Terrain zu erkunden und möglichst viele Feinde zu töten.

Held sollte mit zwei weiteren Kameraden in einer kurzen Unterbrechung des Trommelfeuers Richtung Verdun laufen, die Gegend erkunden und möglichst einen Brückenkopf bilden, um das Vorrücken weiterer Soldaten zu ermöglichen.

Sie standen da wie vorsintflutige Krieger. Held und die Kameraden Wilhelm und Franz. Alle waren mit Gewehren, Pistolen und Bajonetten bewaffnet und dazu steckten mehrere Stielhandgranaten in den Koppeln.

Sie schauten mit großer Entschlossenheit in westlicher Richtung und im Bewusstsein, dass sie bald den Schützengraben verlassen mussten.

Held hatte seine Kameraden erst kurz vorher kennengelernt, denn alle hatten sich für diese Aktion aus unterschiedlichen Motiven freiwillig gemeldet.

Über Wilhelm konnte er nichts in Erfahrung bringen, weil dieser nach wenigen Metern von einer Granate zerfetzt werden sollte und lediglich ein verbeulter Stahlhelm von ihm zurück blieb.

Franz Roos dagegen war ein besonderes Individuum, das nur durch einen Krieg zum Leben erwecken konnte. Im zivilen Leben war er Obermelker in einem größeren landwirtschaftlichen Betrieb und lebte auch allein, da sich keine Frau für ihn interessierte.

Er war es gewohnt ohne zu Denken Anweisungen auszuführen und zwar exakt so, wie gefordert.

Die ihm angeborene oder auch durch die Kindheit geprägte Psyche konnten nur ganz wenige erahnen. Franz Roos war ein Psychopath mit einer starken Neigung zur Grausamkeit.

Und da war es der Krieg, der ihm die Umsetzung seiner kranken Neigungen erlaubte und sogar legalisierte.

Er kam aus dem Nichts und sollte wieder dorthin zurück kehren, nachdem er nach dem Krieg bei den Nazis Karriere machen
und auch in dieser Zeit viel Unheil anrichten sollte.

Held sollte ihm einige Jahre später wieder begegnen.

Dies war ihm aber an diesem Nachmittag nicht bewusst, als er
seine Kameraden kurz vor der Aktion beobachtete. Wilhelm
lehnte an der Leiter, die sie zum Ausstieg aus dem Schützengraben verwenden sollten und starrte in Richtung Heimat. Vielleicht war ihm bewusst, dass er nur noch wenige Meter vom Tod
entfernt war.

An diesem Tag sollten 241 Kameraden mit dem Vornamen
Wilhelm sterben, doch der einzige der den Tod wirklich verdient
hätte, war nicht darunter. Dieser hielt sich in seinem sicheren
Schloss in Potsdam auf und ließ sich aus sicherer Distanz von
den Geschehnissen der Front unterrichten.

Franz Roos saß auf einem kleinen Stuhl daneben und starrte
ebenfalls vor sich hin. Blutleer, seelenlos und ohne jeglicher
Empathie wartete er auf den Einsatzbefehl, um wie eine menschliche Maschine einfach ins Feindesland zu rennen.

Die Ratio des Krieges steht völlig außerhalb jeder menschlichen Wahrnehmung und kann allenfalls nur von den Aktiven
verstanden werden und das auch nur im Ansatz. Franz Roos
konnte es zwar nicht verstehen, da seine Intelligenz dazu nicht
gereicht hätte.

Er konnte es nur fühlen und nachdem ein Unteroffizier den
Befehl zum Angriff brüllte, schoss er hoch und kletterte als Erster die Leiter wie ein Verrückter hoch, um so schnell als möglich ins Feindesland zu laufen. Dabei schoss er mit seiner Pistole
um sich und tötete auf den ersten Metern mindestens drei Franzosen.

Held und Wilhelm kamen kaum hinterher, aber Held war etwas schneller als er das sirrende Geräusch einer heranfliegenden Granate hörte und anschließend die Explosion. Instinktiv drehte er sich um und konnte gerade noch sehen, wie sein Kamerad Wilhelm in einen Klumpen Fleisch verwandelt wurde.

Die Granate war in unmittelbarer Nähe seines Kameraden explodiert und löste dessen Körper in seine Bestandteile auf. Blut und kleine Fleischklumpen flogen in alle Richtungen und alles was blieb war ein verbeulter Stahlhelm.

Held lief weiter und der Beschuss aus den Reihen der Franzosen nahm zu. Kugeln flogen durch die Luft und vermehrt wurden auch Schrapnells abgefeuert.

Diese Granaten waren mit Stahlkugeln gefüllt und konnten schwerste Verletzungen auslösen.

Für viele abgetrennte oder später amputierte Arme und Beine waren diese Schrapnells verantwortlich. Held hatte Glück. Er stolperte über einen Stacheldraht und fiel direkt in einen Bombentrichter, ganze 30 Meter nach Verlassen des Schützengrabens.

Held lag auf dem Rücken und sah plötzlich einen Soldaten mit einem Bajonett über ihn, der schon zum tödlichen Stich ausholte. Es war Roos, der in der Panik den verdreckten Kameraden nicht erkannte und sofort seinen Einsatzbefehl umsetzen wollte.

Held schrie so laut er konnte seinen Namen und Franz Roos brach die Aktion ab. Bist du völlig wahnsinnig schrie Held. Aber Roos zeigte keinerlei Regung, setzte sich auf den Boden des Trichters und starrte vor sich hin wie ein Killer Android.

Der Granatbeschuss ließ nach und beide wussten, was dies bedeutete:

Gegenangriff.

Als die Stimmen aus der westlichen Richtung lauter wurden, warfen Held und Roos ihre Handgranaten. Aus dem eigenen Schützengraben wurde das Maschinengewehrfeuer intensiver und auch das Sirren der Schrapnells.

Dazwischen mischten sich die Schmerzensschreie der getroffenen Soldaten. Held und Roos kletterten an den Rand des Trichters und schossen solange, bis die Munition aus war.

Beide glitten wieder hinab und setzten sich auf den Boden. Roos starrte wieder vor sich hin und reagierte auf nichts.

Plötzlich hörten sie aufgeregte Stimmen und drei französische Soldaten sprangen schutzsuchend in den Trichter. Geistesgegenwärtig sprang Held auf und richtete das Gewehr auf die Feinde.

Die konnten nicht wissen, dass im Magazin keine Munition mehr war, nahmen daher die Hände hoch und ergaben sich.

Das war der Moment für Roos, auf den seine kranke Psyche schon lange gewartet hatte. Wie ein Irrer sprang er hoch und stach abwechselnd auf zwei der drei Franzosen mit seinem Bajonett ein.

Der erste war sofort tot. Der zweite schrie vor Schmerzen und sank auf den Boden. Von hinten kam der dritte Soldat und wollte Roos zurück halten.

Der jedoch drehte sich blitzschnell mit seinem rücklings gehaltenen Bajonett um und rammte dieses durch das rechte Auge des Franzosen durch dessen ganzen Kopf.

Der Soldat fiel tot um und Roos zog das Bajonett aus seinem Schädel während er mit dem rechten Fuß dessen Kopf fixierte.

Anschließend sprang er zu dem verwundeten und vor Schmerzen schreienden Mann, zog ihn an den Haaren hoch und schnitt seine Kehle durch.

Danach ging er an seinen Platz zurück und starrte wieder vor sich hin.

Der Gewaltausbruch von Roos hatte vielleicht eine Minute gedauert und Held war völlig fassungslos und ganz bleich im Gesicht.

Roos bist du verrückt – die hatten sich doch alle ergeben schrie er. Aber er konnte Roos nicht erreichen. Dieser war nun in seiner eigenen Welt und starrte völlig apathisch in die feindliche Richtung, um die nächsten Gegner einfach abzuschlachten.

Das Trommelfeuer setzte auf beiden Seiten wieder ein und so konnten sie nur auf die Nacht warten, um einen Fluchtversuch zu starten.

Doch auch in der Dunkelheit wurden die Granaten weiter abgefeuert. Held saß auf dem Boden des Trichters und sah hinauf zum Himmel. Es war eine sternenklare Nacht und die Kälte schob sich langsam in den Trichter.

Er sah die Sterne und immer wieder das Aufblitzen der explodierenden Granaten, die teilweise den Trichter hell erleuchteten. Und er sah die Ratten, die ebenfalls Schutz suchten und vor Hunger die beiden Soldaten anfraßen.

Held und Roos nahmen ihre Bajonette und stachen auf die Ratten ein. Die noch lebenden fielen nun über die eigenen Artgenossen her und fraßen diese auf, ob sie nun tot waren oder nur verwundet spielte dabei keine Rolle.

Der Hunger war einfach zu groß und die Männer erkannten schnell den Kreislauf. Sie mussten nur ein paar Ratten töten und diese in die Mitte des Trichters werfen, dann hatten sie Ruhe vor dem Rest.

Gegen Mitternacht hörte das Trommelfeuer auf und das war die Fluchtchance.

Sie verließen den Bombentrichter und krochen in Richtung des deutschen Schützengrabens. Nach etwa 10 Meter stand Roos auf und rannte so schnell er konnte in Richtung des Grabens. Das Schicksal seines Kameraden war ihm absolut gleichgültig. Er wollte nur sich selbst in Sicherheit bringen.

Held sprang ebenfalls auf und rannte. Da wurde plötzlich eine Leuchtrakete abgefeuert und man sah die rennenden Gestalten. Sofort setzte ein Gewehrfeuer in den französischen Gräben ein.

Roos, der schon einen kleinen Vorsprung hatte, sprang mit einem gewaltigen Satz nach vorne und landete unversehrt im Schützengraben.

Held machte noch ein paar Schritte und sprang ebenfalls. Als er bereits in der Luft war, traf ihn eine Maschinengewehrkugel und riss ihm die halbe Wade des linken Beins ab.

Dennoch fiel er in den Schützengraben und wand sich vor Schmerzen am Boden. Wieder stand Roos über ihn und sagte trocken:

Heimatschuss.

Held verlor das Bewusstsein und wachte erst wieder im Lazarett auf. In den nächsten Tagen war er mehr besinnungslos als wach.

Nicht nur wegen des Wundfiebers, sondern auch aufgrund des Morphiums, das man ihm gegen die Schmerzen verabreicht hatte. Nach etwa einer Woche ging es langsam aufwärts und Held konnte seine Umgebung wieder wahrnehmen.

Die Zustände im Lazarett waren furchterregend. Es mangelte an allem, ob Betten, Pflegekräfte oder auch Medizin.

Man hatte wohl nicht mit so viel Verwundeten gerechnet und daher zu geringe Kapazitäten geschaffen.

Dazwischen rannten völlig überforderte Ärzte umher, die wohl auch aus Zeitmangel schnelle und einfache Methoden der Behandlung favorisierten.

Dies bekam auch Held zu spüren, als eine Visite durchgeführt wurde. Beinahe im Vorbeigehen sagte ein Arzt zu einem Pfleger „Amputation" während er auf Held zeigte und der Pfleger notierte es einfach in einem Bericht, den er anschließend am Bettende befestigte.

Held schrie aus Leibeskräften seinen Widerspruch, aber der Arzt ging einfach weiter und kümmerte sich nicht um seinen Patienten. Held war verzweifelt und konnte in dieser Nacht nicht schlafen. Er konnte auch nicht mit Jemanden reden.

Die Pfleger hetzten nur von einer Stelle zur anderen und hatten keine Zeit. Die neben ihm liegenden Patienten waren besinnungslos oder fantasierten. Held schloss mit seinem Leben ab, denn als Krüppel wollte er nicht leben. In diesem Moment fiel ihm der Polizeisender ein. Er sah ihn vor seinem geistigen Auge und malte sich da ein schönes Leben aus, das er dort haben könnte.

Eventuell mit Frau und Kind aber vor allem in Frieden. Diese Gedanken brachten ihm wieder Energie und anstatt sein Schicksal zu bejammern dachte er nun darüber nach, wie er aus dieser Blutmühle rauskommen könnte.

Da bemerkte er, dass sein Bettnachbar inzwischen verstorben war. Er zog sich hoch und hüpfte mit letzter Kraft zu seinem Nachbarn um den Zettel am Bettende zu lesen. Dort stand unter dem Namen des Soldaten die Behandlungsmaßnahme: Rücktransport in die Heimat.

Wer konnte schon die vielen Namen der Verwundeten auseinanderhalten?

Held ließ den für ihn erstellten Befund verschwinden und heftete den Zettel des Verstorbenen an sein Bett.

Am nächsten Tag kamen wieder Pfleger und entfernten zuerst die Toten aus dem Zimmer. Danach prüften sie die Befunde und Held wurde nach draußen gebracht und in einen LKW verladen. Für den Transport bekam er eine Ladung Morphium, damit die Schmerzen erträglich wurden.

Die Dosis war zu hoch so dass er wegtrat und erst wieder im Lazarett in Aachen aufwachte. An seinem Bett saß ein Arzt im weißen Kittel und sah ihn mit sanften Augen an. Bei richtiger Pflege wird das schon wieder und spätestens in 6 Monaten geht es wieder an die Front mein Kamerad.

Held glaubte sich im Himmel und dankte dem Doktor für seine Diagnose. Wenn nicht die Kriegslogik zum Tragen kommt, dann darf der Mensch wieder hoffen.

Bei Held war es jedenfalls so. Nach etwa vier Monaten durfte er das Lazarett verlassen und zur vollständigen Genesung nach Hause fahren.

Der Moment als Held von der Ferne seinen Polizeisender sah war unbeschreiblich. Ein Glücksmoment wie man ihn nur selten im Leben genießen darf. Die übrigen Polizeifunker erwarteten ihn und bildeten ein Spalier vor dem Eingang für die Willkommensfeier. Der Held von Verdun war nun in der Provinz.

Das Glück sollte aber nur zwei Monate dauern und dann musste Held wieder zurück an die Front.

Fast 300.000 Tote später wurde die Schlacht um Verdun beendet.

Einen Sieger im militärischen Sinn gab es nicht.

Kapitel - 10
Angriff auf London

Am Sonntag, den 20. August 1916, es war ein heißer Sommertag, ging im Polizeisender ein Funkspruch ein. Der mittlerweile zum Feldwebel beförderte Josef Held sollte sich in Marsch setzen und mit der Bahn zum Marinestützpunkt Nordholz fahren.

Dort sollte er sich bei Hauptmann Wilhelm Schramm melden, Kommandant des Schütte-Lanz Luftschiffes S.L.11.

Held verspürte sofort eine tiefe Traurigkeit. Er fühlte sich zwar dem Vaterland verpflichtet, hatte aber nach dem in Verdun erlebten Grauen des Krieges seine Überzeugung verloren. Menschen zu töten, nur weil die Führungseliten dies so wollten, passte so gar nicht mehr in sein Weltbild.

In den Monaten seiner Genesung hatte er viel nachgedacht. Krieg und Zerstörung konnte einfach die Kultur der Menschheit nicht ersetzen. Zudem war ihm aufgefallen, dass sich die Versorgungslage im deutschen Reich drastisch verschlechtert hatte.

Zu dem unendlichen Leid der Menschen, die direkt oder auch indirekt unter dem Grauen des Krieges zu leiden hatten, kamen noch Hunger und Krankheiten dazu.

Wie sollte man das später seinen Kindern erklären. Kinder des Krieges, die nach dem Ende des Infernos das Land wieder aufbauen und die Schande ihrer Eltern tragen mussten.

Held war klar, dass seine Gedanken in der Sache nichts ändern würden und er dem Marschbefehl nachkommen musste. Sonst hätte er als Deserteur gebrandmarkt empfindliche Strafen zu erwarten.

Er beschloss zur Amper zu gehen und sich möglichst zu zerstreuen. Dabei kam er bei dem höheren Funkturm vorbei und staunte über das gewaltige Bauwerk, obwohl er es seit Jahren schon kannte. Es glich einem Fanal, gebaut um der Zerstörung zu dienen. Warum war es nicht für friedliche Zwecke gebaut worden ?

Der Turm war in der Farbe der Trauer gestrichen, ein Diener des Grauens.

Held ging weiter an der Amper entlang und fand eine seichte Stelle, wo er seine Füße ins Wasser eintauchen konnte um sich etwas abzukühlen. Gedankenverloren saß er am Ufer als kleines Rädchen der Geschichte, die er nicht zu beeinflussen vermochte.

Da schwammen zwei Kastanien in ihrem grünen Mantel heran und Held nahm sie in seine Hand. Sie waren wohl weiter flussaufwärts ins Wasser gefallen.

Held steckte sie grundlos in seine Hosentasche. Er war mit seinen Gedanken weit weg und irgendwie auch verloren.

Nach seiner Rückkehr sah er von weitem in der Laube seiner Kameraden Rauch aufsteigen. Sie hatten wohl zum Abschied einen Grillabend organisiert und tatsächlich winkte Kamerad Lüttke schon von weitem.

Als er bei der Laube ankam, bemerkte er die Kastanien in seiner Hosentasche und nahm sie heraus. Held holte einen Spaten aus der Laube und grub zwei kleine Löcher im sicheren Abstand zur Laube und versenkte die Kastanien.

Was machst du da fragte Lüttke, es gibt leckeres Grillfleisch und frisches Bier und du buddelst in der Erde. Held sah ihn kurz an. Ich pflanze zwei Bäume; einen für die Vernunft und den anderen für die Hoffnung.

Lüttke schüttelte den Kopf und beide nahmen nun endlich am Tisch ihre Plätze ein.

Als Held am nächsten Morgen mit einem kleinen Laster zum Bahnhof gefahren wurde, brummte ihm noch der Schädel. Der Abend hatte doch länger gedauert und war auch feuchtfröhlicher als geplant. Er wusste aber, dass er wieder zurück kommen würde, um Vernunft und Hoffnung wachsen zu sehen.

Am nächsten Tag meldete er sich weisungsgemäß bei dem Kommandanten des Luftschiffes zum Dienstantritt. Hauptmann Schramm zeigte Held seine Unterkunft und befahl ihn zur Lagebesprechung, die noch am selben Abend stattfinden sollte.

In der Gefechtsbaracke war es an diesem Abend ziemlich unangenehm.

Die Hitze stand trotz geöffneter Fenster im Raum und wurde durch Zigarettenrauch noch weiter vergiftet. Held und weitere dreizehn Besatzungsmitglieder saßen auf Stühlen.

Kommandant Schramm und sein erster Offizier befanden sich im vorderen Teil der Baracke vor einer großen Landkarte von Südengland.

Schramm fuchtelte mit einem Stab herum und erklärte die Anflugroute, Flughöhe, Flugdauer und den Zweck. Um Terror bei der Bevölkerung zu verbreiten sollten Bomben über London abgeworfen werden.

Mit der vergleichsweise geringen Bombenlast von etwa 450 kg konnten zwar nur kleine Schäden angerichtet werden aber die psychische Wirkung war erfahrungsgemäß ziemlich groß.

So meine Herren, wir werden in den nächsten Tagen noch ein paar Übungen abhalten und dann am 02. September gegen 22:00 Uhr starten.

Schramm legte den Zeigestab zur Seite und beendete die Besprechung.

Die nächsten Tage vergingen wie im Flug. Fast täglich wurden irgendwelche Übungen durchgeführt und zwischendrin gönnte man der Besatzung auch etwas Freizeit zur Verbesserung der Stimmungslage.

Dann war es soweit. Am Morgen des 02. Septembers begann man, die Behälter im Schiff mit Wasserstoffgas zu befüllen.

Die Bomben wurden verladen und die Besatzung ging eine halbe Stunde vor Abflug in voller Montur in die Gondel des Schiffes.

Das Wetter war für die geplante Feindfahrt ideal. Leichter Wind und kein Regen.

Um 22:00 Uhr wurden die Motoren gestartet und die Ankerseile gelöst. Das riesige Luftschiff entfernte sich vom Ankermast und schwenkte in die geplante Flugroute ein. Held saß neben seinem Funkgerät und übermittelte dem Gefechtsleitstand den geglückten Abflug.

Die Motoren liefen nun unter Volllast und man gewann schnell an Höhe.

Als die Küste südlich von London überflogen wurde, befand man sich bereits in einer Höhe von etwa 4.000 Metern.

Held, kommen Sie mal rüber, schrie Hauptmann Schramm von seinem Kommandostand. Held sie müssen in den Spähkorb, der Kamerad Winkler ist krank und kann seine Aufgabe nicht erfüllen.

Der im hinteren Teil des Schiffes mitgebrachte Spähkorb, eine stromlinien-förmige Kapsel zur Aufnahme eines Beobachters, konnte an einer Winde bis zu 900 Metern herabgelassen werden.

Damit konnte man über ein Feldtelefon Anweisungen zum Navigieren geben, während das Luftschiff weiter oben in einer Wolke blieb und so für feindliche Flieger unsichtbar wurde.

Held verließ die Gondel und ging nach hinten an den Gasbehältern vorbei zum Spähkorb, wo bereits zwei Kameraden warteten.

Sie halfen ihm, die Beobachtergondel zu besteigen und als Held in Position war, wurde die Gondel an dem Stahlseil langsam herab gelassen.

Zuerst sah Held nur weiße Schwaden durch das im unteren Teil der Gondel eingefassten Fensters. Dann lichtete sich die Wolke und die schwarze Nacht beherrschte nun die Sicht.

An der kleinen Landkarte konnte sich Held orientieren und wenn wieder Lichter einer kleinen Ortschaft erkennbar waren, gab dies Held über das Telefon nach oben.

So konnte man im Luftschiff die vorgeplante Route erkennen und abarbeiten.

Peter Banks saß wie jede Nacht, wenn er Dienst hatte, vor der kleinen Baracke an der Kanalküste. Als einfacher Soldat war er den Bodentruppen des 39. Squadron der Royal Air Force als Melder zugeteilt. Seine Aufgabe war es, feindliche Luftschiffe zu erfassen und an den Leitstand des in einem Außenbezirks von London gelegenen Fliegerhorstes in Hornchurch, Sutton Farm, zu melden.

Zuerst hörte er nur ein leises Brummen. Dann wurde es immer lauter und sein geschultes Gehör bedeutete ihm, dass ein weiterer Angriff erfolgen würde.

Er rannte in die Baracke und nahm den Hörer von seinem Feldtelefon. Ja Sir, hier Private Banks Sir. Es kommt wieder ein feindliches Schiff über den Kanal Sir. Etwa aus 140 Grad Sir.

Banks hatte gelernt, die Position nach dem Gradsystem einzuschätzen und war gut in dieser Aufgabe.

Sehen konnte er das in einer Wolkenformation fliegende Schiff nicht, aber er meinte einen kleinen Punkt unterhalb der Wolkendecke gesehen zu haben, war sich aber nicht sicher.

Auf dem Fliegerhorst Sutton Farm wurde Alarm ausgelöst und mehrere Maschinen des Typs B.E.2e wurden von den Bodentruppen startklar gemacht.

Insgesamt 5 Piloten standen vor den laufenden Maschinen und salutierten vor dem Geschwader Kommodore, bevor sie einstiegen.

Dann donnerten die Abfangjäger nacheinander in die schwarze Nacht und wurden über Funk an ihren Einsatzort geleitet.

In einer der Maschinen saß Major William Leefe Robinson. Ein junger Draufgänger mit etwas Kampferfahrung, aber fest entschlossen, seine Heimat vor dem Feind zu schützen. Er drehte in südöstliche Richtung ab und versuchte schnell an Höhe zu gewinnen.

In mehreren Außenstationen des Fliegerhorstes wurden starke Scheinwerfer eingeschaltet und der Himmel abgesucht. Das Dröhnen der feindlichen Motoren wurde langsam lauter.

Als sie etwa 80 Kilometer landeinwärts geflogen waren, bemerkte Held, dass der Wind aus westlicher Richtung stärker wurde und seine Gondel wurde immer mehr geschüttelt. Das Schiff befand sich nun in etwa 3.500 Metern Höhe und er selbst ungefähr 800 Meter tiefer.

Sie waren zuerst über Land bis Brügge und danach über den Kanal Richtung Dover geflogen.

Vor wenigen Minuten hatten sie Maidstone, eine Großstadt mit etwa 100.000 Einwohner, passiert und bis zu den Außenbezirken der englischen Hauptstadt war es nicht mehr weit.

Sorgen machte nun der Wind. Der Kurs konnte nur schwer gehalten werden und noch schlimmer, es konnten sich Lücken in der Wolkendecke bilden und damit die Tarnung aufheben.

Der Auftrag musste aber erfüllt werden und so kam ein Abdrehen nicht in Frage.

Die Mannschaft der Scheinwerferstellung in der Nähe von Swanley hörte zuerst das Dröhnung und man suchte mit den Scheinwerfern den Himmel ab.

Dazu frischte immer mehr der Wind auf und wie durch ein Wunder riss die Wolkendecke und plötzlich tauchte das Luftschiff auf und wurde von zwei Scheinwerfern erfasst.

Major Robinson war dem Gefechtsplan folgend in sein Einsatzgebiet nahe Swanley in etwa 2.500 Metern Höhe geflogen und sah schon von weitem die auf einen Punkt fixierten Scheinwerfer.

Da war es und konnte auch nicht mehr verschwinden, weil nun aus dem Riss in der Wolkendecke ein beinahe wolkenloser Himmel entstanden war. Fliegerglück nannte man das und Robinson flog schnurstracks in die von den Scheinwerfern vorgegebene Richtung.

Etwa 150 Meter vorm Ziel zog er seine Maschine senkrecht nach oben und kollidierte beinahe mit einer in der Luft schwebenden Kapsel. Diese hatte er noch kurz in seinem Augenwinkel wahrgenommen, war sich aber nicht sicher.

In etwa 3.000 Metern Höhe drückte er den Auslöser seines Lewis Maschinengewehrs, Kaliber 7,7 mm und feuerte das ganze Magazin leer.

Über ihn gab es mehrere Explosionen – er hatte wohl verschiedene Gastanks getroffen. Das Schiff begann zu brennen und schmierte in nordwestlicher Richtung ab. Robinson rollte seine Maschine über Backbord ab und flog zurück zu seinem Standort.

Held hatte das Flugzeug gehört aber erst in dem Moment wahrgenommen, als es vielleicht 20 Meter vor ihm senkrecht nach oben flog und der Pilot dabei pausenlos mit seinem Maschinengewehr feuerte.

Es war beinahe gespenstisch den todbringenden Feuerstrahl der Bordkanone zu sehen und Held ahnte nichts Gutes.

Plötzlich gab es über ihn mehrere Explosionen und durch das kleine Sichtfenster im oberen Bereich der Kapsel erkannte Held sofort, dass das Luftschiff getroffen und in Brand geraten war.

Der Wind wurde stärker und drehte auf Nordwest. Dadurch wurde das Schiff von London abgetrieben und wegen des Gasverlustes verlor es auch an Höhe.

Nach etwa 30 Minuten schlugen Äste gegen die Außenwand der Gondel und plötzlich verhakte sich die Gondel in einer Astgabel. Held wurde herausgeschleudert und fiel durch das Geäst eines großen Baumes etwa 10 Meter in die Tiefe, landete auf dem weichen Waldboden und verlor das Bewusstsein.

Währenddessen erfasste eine Windbö das Schiff und schleuderte es etwa 500 Meter in die Höhe. Nach 40 Kilometern stürzte es endgültig ab und nahm die komplette Besatzung mit ins Grab.

Den deutschen Soldaten brachte dieser Angriff den Tod.

Major Robinson erhielt für seine heroische Tat das Victoria Cross und avancierte zum Nationalhelden.

Kurz nach Ende des Krieges erkrankte Robinson an der Spanischen Grippe und verstarb im Dezember 1918 im Haus seiner Schwester.

Kapitel - 11
Mary

Der Nebel lichtete sich langsam an diesem 03. September 1916 als Mary wie gewohnt sehr früh aus dem Haus an der Old Barus Lane nahe Blackmore im County Essex heraustrat. Mary und ihre Mutter bewirtschafteten einen kleinen Bauernhof mit Ackerbau und etwas Viehzucht.

Mary, Anfang Zwanzig, war bildhübsch und trotz des mühsamen Lebens meist in guter Stimmung. Das letzte Jahr war aber sehr schwer gewesen, denn ihr Vater war an einer Lungenentzündung gestorben. So war sie nun allein mit ihrer Mutter und die Lasten auf zwei eher zarte Schultern verteilt.

Sie waren arm und lebten sehr bescheiden. Mary hätte die Möglichkeit gehabt in die große Stadt zu gehen, um sich als Dienstmagd zu verdingen. Sie wollte aber ihre Mutter nicht im Stich lassen.

Ihre Mutter Elisabeth war schon von dem harten Leben gezeichnet und seit dem Tod ihres Mannes versiegte langsam ihre Lebenskraft. Ihr Mann Walter hatte sie wie damals üblich in sehr jungen Jahren geheiratet. Er brauchte Unterstützung an seinem kleinen Hof und nahm was sich so angeboten hatte.

Elisabeth stammte ebenfalls aus einer kinderreichen Bauernfamilie aus der Gegend und hatte für ihre Zukunft nur diese eine Chance, nämlich einen heiratswilligen Bauern zu finden. So kamen sie sich auf einem Dorffest etwas näher. Die Heirat hatte gar nichts mit Romantik oder Liebe zu tun, sondern erfüllte für beide nur einen Zweck.

Im Laufe der Jahre jedoch schweißte das harte Leben die beiden zusammen und es entwickelten sich nicht nur gegenseitiger Respekt und Loyalität, sondern auch Gefühle.

Nun war Walter weg und sie spürte, wie langsam die Lebenskraft in ihr schwächer wurde, ähnlich wie bei einer herunter brennenden Kerze. Lediglich die immer gut gelaunte Mary gab ihr noch etwas Hoffnung. Der Prozess des inneren Zerfalls wurde dadurch aber nur verlangsamt.

Elisabeth spürte mit jedem Tag mehr wieviel Walter ihr eigentlich bedeutet hatte und in manchen Momenten sehnte sie sich nach dem Platz im Grab neben ihrem Mann.

Mary hatte bereits den Ackergaul vor einen kleinen Karren gespannt, als sie nochmals in die Wohnstube zurückkam, um mit ihrer Mutter ein bescheidenes Frühstück einzunehmen. Sie bemerkte die trübselige Stimmung ihrer Mutter, sagte aber nichts.

Mutter ich fahre kurz in den Wald. Wir brauchen etwas Holz und Reisig. Vielleicht finde ich auch ein paar Pilze. Wie immer versprühte Mary etwas Licht im Dunkel der schweren Gedanken und sogar Elisabeth ließ sich einen kurzen Moment von dieser guten Laune anstecken.

Ja mach das und denk dran, dass wir heute Nachmittag mit der Kartoffelernte beginnen müssen.

Mary packte noch etwas Lebensmittel und Getränke in ihren Korb, schwang sich auf den Kutschbock und fuhr los.

Das kleine Waldstück, das zum Hof gehörte, kannte sie gut. Sie ging regelmäßig in den Wald, um meist Totholz zu sammeln oder manchmal auch einen kleinen Baum zu fällen.

Im Wald war es immer noch diesig, aber sie kannte den Weg und stellte die Kutsche am gewohnten Platz ab.

Wie immer wollte sie erst mal nach Pilzen suchen und entfernte sich von der kleinen Lichtung. Und plötzlich sah sie einen Mann in einer fremdartigen Montur liegen.

Beinahe wäre sie über ihn gestolpert, da der Dunst noch ziemlich dicht war.

Das Ganze war unerklärlich für sie, weil sie das nächtliche Treiben am Himmel nicht mitbekommen hatte und keine Erklärung für das hier fand. Sie spürte aber sofort, dass dieser Mann Hilfe brauchte und fühlte dem Bewusstlosen den Puls.

Er lebte noch und lag mit blutverschmierten Kopf vor ihr. Mary holte den Karren und fuhr soweit als möglich an Held heran.

Obwohl sie eher zierlich war, hatte sie aufgrund der schweren Arbeit verhältnismäßig viel Kraft und konnte daher den Mann auf ihren kleinen Karren laden.

Alles an ihm war fremdartig. Der Ganzkörperanzug, die blonden Haare und ein fremdes Hoheitszeichen am Ärmel erzeugten in ihr den Verdacht, dass dieser Mann von weit her gekommen sein musste.

Aber wie schaffte er es in den kleinen Wald ohne irgendwelche Spuren zu hinterlassen. Das alles war sehr mysteriös, aber Mary beschloss sofort ihm zu helfen und fuhr daher zurück zum Hof.

Elisabeth war vollkommen überrascht und glaubte zu träumen. Aber auch sie war sofort bereit zu helfen und so trugen beide Frauen Josef Held ins Haus und legten ihn auf eine Couch, um ihn eher notdürftig zu versorgen.

Sie reinigten die Platzwunde am Kopf und legten einen Verband an.

Dann befreiten sie seinen Oberkörper aus dem Anzug und legten die Beine etwas höher in der Hoffnung, dass der Mann wieder zu Bewusstsein kommen sollte.

Irgendwann am Nachmittag wachte Held auf und glaubte im Himmel zu sein.

Er sah direkt in rehbraune Augen einer wunderschönen Frau, die sich von hinten über ihn gebückt hatte und dabei auch noch lächelte.

Bist du ein Engel fragte Held, der immer noch nicht ganz klar war und auch die heftigen Schmerzen in der linken Rippengegend spürte. Die Frau sagte etwas zu ihm in einer Sprache, die er nicht kannte.

Es war wohl doch nicht der Himmel, sondern ein Zimmer irgendwo im Feindesland.

Aber diese Augen. Konnten die wirklich einem Feind gehören, der laut Propaganda des Kriegsministeriums die vollständige Vernichtung des deutschen Volkes plante.

Die Gedanken drehten sich in seinem Kopf wie in einer Zentrifuge. Er war nicht mehr in der Lage dies alles zu erfassen und fiel wieder in eine tiefe Bewusstlosigkeit.

Als er später wieder erwachte, saßen nun zwei Frauen am Tisch in der Ecke und verspeisten gerade ihr Abendessen. Die Jüngere stand sofort auf und kam rüber. Wieder stellte sie eine Frage in dieser eigenartigen Sprache und da antwortete Held in seiner Muttersprache:

Ich komme aus Deutschland und bin Soldat !

Die Frau sah ihn ungläubig an, ging zum Tisch zurück und holte einen Teller Suppe. Sie setzte sich neben ihn und fing an, ihm die Suppe einzuflößen.

Held war unendlich dankbar und verliebte sich sofort in Mary. Ihm war klar, dass er diese Sprache lernen musste, um sich mit den Frauen verständigen zu können. Aber erstmal musste er gesund werden.

In der Folgezeit kümmerten sich beide Frauen liebevoll um ihn und als nach etwa zwei Wochen die Schmerzen spürbar nachließen, konnte Held bereits aufstehen und leichte Arbeiten verrichten.

Obwohl die Frauen keine Ahnung davon hatten, wer Held war und woher er kam, beschlossen sie Stillschweigen nach außen zu wahren, um ihn zu schützen.

Denn Mary hatte sich ebenfalls in den gut aussehenden blonden Mann mit den schönen blauen Augen verliebt und beide Frauen konnten nicht erkennen, dass von diesem Mann irgendeine Gefahr ausgehen sollte.

In dem Maße wie er sich erholte, half Held bei der harten Arbeit. Er lernte schnell und konnte daher den verstorbenen Walter immer besser ersetzen.

Auch bei der Sprache gab es Fortschritte. Held brachte Mary deutsche Wörter bei und Mary tat das entgegengesetzt mit ihrer Muttersprache.

Sie konnten sich immer besser verständigen und dann war es an der Zeit für die Wahrheit. Held erklärte den Frauen woher er kam und wie sein Auftrag gewesen war. Und auch dass er es nicht freiwillig getan hatte.

Die Frauen stammten zwar aus einfachen Verhältnissen und hatten auch keine besondere Bildung, sie waren aber in der Lage ihren einfachen Hausverstand effektiv zu nutzen und verstanden daher die Umstände, die zu diesem Ereignis geführt hatten.

Sie sahen nur den Menschen in Held und die Tatsache, dass er sich seit seiner Ankunft immer anständig und korrekt verhalten hatte.

Daher beschlossen sie, das Geheimnis weiter zu hüten und dieses Konglomerat aus Freunden und Feinden in einem kleinen Bauernhof in der englischen Provinz zu etablieren.

Ein winziger Beitrag für den Weltfrieden initiiert von kleinen unscheinbaren Leuten, die ihre Energien einbrachten, um etwas zu schaffen und nicht um etwas zu zerstören.

Die hochgebildeten Eliten ihrer Länder hätten bei so einfachen Menschen wirklich was lernen können. Aber es fehlte die Bindung des Adels zum Volk und dies sollte in der kommenden Zeit zu einem Paradigmenwechsel führen, zumindest in bestimmten Ländern.

Diese neu gegründete Gemeinschaft in dem kleinen Hof bei Blackmore machte sich über die Weltpolitik keine Gedanken, sondern nur darüber, wie sie ihren Lebensunterhalt erarbeiten konnten.

Dic unendliche Dankbarkeit in ihm trieb Held zu Höchstleistungen an. Er war der erste, der rausging und der letzte, der Abends todmüde ins Bett fiel.

Die Frauen waren glücklich, denn die unermüdliche Arbeit ihres Gastes machte sich bemerkbar. Es gab mehr Erträge und die Frauen wurden entlastet.

Ihre Entscheidung stellte sich als goldrichtig heraus und Held blieb ferner die Kriegsgefangenschaft erspart.

Weihnachten 1916 feierten sie gemeinsam. Held hatte heimlich kleine Figuren geschnitzt und diese in einem kleinen Weidenkorb mit Moos und kleinen Zweigen drapiert.

Die Frauen hatten für den Winter Socken, Handschuhe, Schal und eine Mütze gestrickt und nach dem Mahl sangen sie gemeinsam die bekannten Weihnachtslieder in zwei Sprachen.

Alle waren glücklich und nachdem Elisabeth wie gewohnt recht früh ins Bett gegangen war, saßen Mary und Josef noch ein Weilchen auf der Couch und gönnten sich zur Feier des Tages ein Glas Sherry.

Beide waren in ihre Gedanken versunken und redeten kaum miteinander, wie ein altes Ehepaar. Doch dann spürte Held einen Arm auf seiner Schulter und auch, dass Mary näher gerückt war.

Zuerst war er irritiert. Er hatte bislang keine Erfahrungen mit Frauen gemacht.

Aber die zärtlichen Berührungen von Mary erzeugten ein absolutes Wohlgefühl und so begann er sie zu küssen.

Von nun an tauschten sie bei jeder Gelegenheit Zärtlichkeiten aus, immer darauf bedacht, dass Elisabeth nichts mitbekam.

Eines Tages im Frühjahr 1917 schliefen sie miteinander. Es war für beide das erste Mal und da war klar, dass sie für immer unzertrennlich sein sollten.

Elisabeth spürte diese Liebe instinktiv und gab heimlich ihren Segen zu dieser Verbindung. Es erfüllte sie mit großer Zufriedenheit, ihre Tochter Mary in guten Händen zu wissen und beschloss daher, langsam los zu lassen.

Sie wollte zu ihrem Walter und Nachts, wenn sie träumte, erschien manchmal ihr Mann und fragte, wann sie denn endlich folgen würde.

So wurde sie im Sommer 1917 krank und ihr Lebenslicht verblasste zusehends, während in dem kleinen Haus sich das Glück der Anderen entwickelte.

Eine Lungenentzündung tat dann das übrige und Elisabeth starb während eines kalten Wintertages im November des vorletzten Kriegsjahres.

Sie wurde wie von ihr gewünscht neben ihrem geliebten Mann begraben und da Held die englische Sprache fast perfekt beherrschte, durfte er bei der Beerdigung teilnehmen und seine Mary begleiten.

Keiner der Trauergäste stellte lästige Fragen zu seiner Person. Man nahm ihn einfach als Mann von einer ihrer Töchter des Landes in die Gemeinschaft auf.

An Weihnachten 1917 wurde nicht gesungen sondern still der Verstorbenen gedacht. Klar war nur, dass beide gemeinsam hier weiter leben und arbeiten wollten. Das hatten sie Elisabeth an ihrem Sterbebett versprochen.

Und so kam es auch. Sie bewirtschafteten den kleinen Hof und schafften für sich ein gutes Auskommen. Held war längst in die Dorfgemeinschaft integriert und konnte nun offiziell am Gemeinschaftsleben teilnehmen.

Der unchristliche Zustand einer wilden Ehe wurde im Mai 1918 beendet. Die beiden heirateten in der bekannten St. Laurence's Church in Blackmore und waren das erste Mal nach sechs Monaten wieder glücklich.

Wenn einer geht, dann kommt ein anderer. Diese alte Weisheit konnten sie nicht erfüllen. Denn aus irgendeinem Grund klappte es nicht mit dem Nachwuchs. Aber sie hatten sich und wussten, dass nichts sie trennen könnte.

So schulterten sie ohne zu klagen ihr schweres Leben.

Im November 1918 endete mit dem Waffenstillstand von Compiègne dieser schreckliche Krieg.

Held konnte tun was er wollte, aber die Bilder aus Verdun und dem Angriff mit dem Luftschiff bekam er nicht aus seinem Kopf.

Aber auch die Bilder von seinem geliebten Polizeisender kamen regelmäßig ins Gedächtnis und langsam spürte er eine Sehnsucht nach Deutschland zurück zu kehren.

Aus Liebe zu seiner Frau behielt er jedoch diese Gedanken für sich.

Er wusste nur zu gut, dass Mary niemals aus ihrer Heimat weggehen würde und so machte er weiter wie immer und ließ sich nichts anmerken.

Dann geschah das Unglück im Oktober 1919.

Während beide auf dem Feld waren, um nach dem ersten Frost den Rosenkohl zu ernten, gab es im Kamin der Wohnstube eine Verpuffung und glühende Kohlen wurden dabei in die Wohnstube geschleudert.

Nach kurzer Zeit brannte das Wohnhaus lichterloh und die Flammen griffen auch auf die Scheune und den kleinen Kuhstall über.

Von weitem sahen sie eine riesige Rauchsäule und rannten so schnell sie konnten zurück zum Hof. Aber es war zu spät.

Der Hof war Raub der Flammen geworden und ihre Existenz damit verschwunden.

Josef hielt seine weinende Mary im Arm und beide wussten erst mal nicht, wie es weiter gehen sollte. Doch auch hier zeigte die Dorfgemeinschaft ihre soziale Stärke.

Adam Blake, ein Großbauer aus der Nähe von Norton Mandeville zeigte sich bereit, die beiden erst mal aufzunehmen und auf seinem Hof gegen Kost und Logis arbeiten zu lassen.

Und so tauschten sie ihren gemütlichen Bauernhof gegen eine kleine Kammer bei Großbauer Blake.

Dieses Leben war trotz der Großzügigkeit von Adam Blake bei weitem nicht das, was sie sich vorstellten.

Den ganzen Winter verharrten sie in dieser neuen Umgebung und redeten über die Zukunft. Die anfängliche Großzügigkeit des Bauern schlug immer mehr in stetig wachsende Forderungen und Unmuts seitens Blake um, sodass sich Mary und Josef immer unwohler fühlten.

Den Weihnachtsabend 1919 verbrachten sie daher lieber in ihrer kleinen Kammer, obwohl der Bauer seinen scheinbaren Großmut mit einer Einladung zum gemeinsamen Essen demonstrieren wollte.

Als beide auf dem Bett saßen, platzte es aus Held heraus. Wir haben hier keine gute Zukunft zu erwarten, lass uns nach Deutschland reisen.

Er erzählte von seinem Polizeisender und dass er in der Lage wäre, für eine sichere Existenz zu sorgen.

Mit der Zeit hörte Mary immer aufmerksamer zu und sah nun auch das gelbe Haus und den Fluss in der Auenlandschaft. Das Leben hier war eher belastend und man durfte für die Zukunft auch nichts erwarten.

Ein Dasein in Knechtschaft mit einem gierigen und ständig unzufriedenen Patriarchen war wirklich nicht erstrebenswert.

So beschlossen sie im Frühjahr, wenn es wärmer werden sollte, in die Heimat von Held nach Deutschland zu reisen.

Dem Bauern sagten sie nichts, da sie Repressalien befürchteten.

Wenige Wochen vor der geplanten Abreise machten sie Blake das Angebot, das Anwesen von Mary zu kaufen.

Leider gab es im näheren Umkreis außer Blake keine potentiellen Käufer und so kam nur dieser in Frage.

Auch hier zeigte sich wieder der wahre Charakter dieses Zeitgenossen. Die Not der beiden war ihm natürlich bekannt und so bot er ihnen einen Preis weit unter Wert an. Mary blieb nichts anderes übrig und willigte ein. Sie brauchten das Geld um ihre Reise finanzieren zu können.

Blake dagegen verkaufte innerhalb der Gemeinschaft sein schändliches Tun als weitere Hilfsaktion. Trotz angeblicher eigener finanzieller Probleme hätte er ohne Not einen Hof gekauft, um den beiden zu helfen, was natürlich nicht stimmte.

Das Schicksal ist in manchen Fällen gerecht. Blake starb zwei Jahre später qualvoll nach langer Krankheit. Sein Erbe, ein Alkoholiker, verspielte Haus und Hof in einem Casino in London. Die Blakes wurden somit von der Landschaft getilgt.

Im April 1920 brachen Mary und Josef auf. Vorher hatten sie sich noch mit warmer Kleidung, Rucksäcken und Fahrrädern ausgestattet.

Die erste Etappe führte sie nach Heybridge an der Küste der Nordsee. Hier hatte Mary einen Cousin namens Paul, der einen kleinen Fischkutter besaß.

Sie hoffte darauf, dass ihr Cousin sie ans europäische Festland bringen würde.

Das war zumindest der Plan und so machten sie sich auf den Weg und erreichten am späten Nachmittag das Haus von Paul, der sie herzlich begrüßte und zu sich einlud.

Am Abend war man sich schnell einig da Paul einen hilfsbereiten Charakter besaß und auch lediglich den Sprit bezahlt bekommen wollte.

Und so verließ am anderen Morgen Mary ihre Heimat um mit Josef in eine neue Heimat zu reisen, die sie nur aus Erzählungen kannte.

Aber es konnte nur besser werden, denn ohne Eigentum war man in dieser Zeit nichts wert und hatte dann auch keine Basis für die Zukunft.

Bye Bye England!

Die Reise wurde sehr früh gestartet weil man bereits am Abend in Ostende in Belgien sein wollte. Zum Glück war die See ruhig und man kam ohne Komplikationen gut voran und erreichte pünktlich das Ziel.

Sie verabschiedeten Paul, der noch in der Nacht zurückfahren wollte und suchten anschließend eine Pension für die Nacht, die sie auch in Hafennähe fanden.

Leider waren nun die finanziellen Mittel erschöpft und daher fuhren sie am anderen Tag mit ihren Fahrrädern Richtung Westen.

Der beschwerliche Weg führte sie über Gent, Brüssel und Lüttich nach Aachen. Die Straßen waren nicht immer in einem guten Zustand und so schafften sie an manchen Tagen nicht mal zwanzig Kilometer. Die Nächte verbrachten sie in Heuschobern oder manchmal auch im Freien unter Bäumen.

Essen erbettelten sie sich bei Bauern oder in kleinen Bäckereien in den Ortschaften, die sie durchfuhren. In den Bächen fing Held auch mal einen Fisch, den sie dann brieten. An manchen Tagen mussten sie hungrig in ihr bescheidenes Nachtlager gehen.

Das alles machte ihnen aber nichts aus. Denn mit jedem Kilometer kamen sie dem Ziel und einer besseren Zukunft näher und das motivierte beide.

Nach zehn Tagen hatten sie Aachen erreicht und Held erinnerte sich an das Lazarett, wo er nach Verdun seine Wunden geheilt hatte.

Hier hatte er seinerzeit auch einen sehr sympathischen Arzt kennen gelernt und diesen wollte er um Hilfe bitten.

Tatsächlich praktizierte Dr. Schmitz noch und er traute seinen Augen nicht, als er Held im Park des Krankenhauses auf sich zukommen sah. Sie begrüßten sich herzlich und plauderten lange und angeregt.

Held stellte auch seine Frau vor und erklärte auch die Umstände ihres Kennenlernens.

Schmitz gab ihm den Rat zum Rathaus in Aachen zu gehen. Als Veteran noch dazu mit einem gewissen Bekanntheitsgrad konnte Held eine Bescheinigung für freie Fahrten mit der Reichsbahn für sich und seine Frau bekommen.

Beim Abschied steckte Schmitz den beiden noch etwas Geld zu und so konnten sie sich nach längerer Zeit mal richtig satt essen und auf dem Weg zum Rathaus auch noch Vorräte für die Fahrt kaufen.

Die Bescheinigungen wurden ohne Probleme ausgestellt und noch am selben Tag bestiegen sie den Zug Richtung Köln.

Von dort sollte es über Frankfurt, Würzburg und Nürnberg nach München gehen.

Sie waren froh im Zug zu sein. Hier war es trocken und warm und die Vorräte waren ausreichend. Die über mehrere Tage und Nächte dauernde Fahrt nutzten sie, um sich auszuruhen.

Mary schaute interessiert auf die vorbeifliegenden Landschaften und fand ihre neue Heimat schön und spannend.

Nach vier Tagen kamen sie im Münchner Hauptbahnhof an und machten sich zu Fuß auf den Weg.

Die Wanderung dauerte die ganze Nacht und am Morgen sahen sie völlig erschöpft das gelbe Haus am Horizont.

Held nahm seine Mary in den Arm und sagte ihr, dass nun das Ziel erreicht sei. Sie küssten sich lange und schlenderten Arm in Arm die letzten Meter bis vors Haus.

Die Wohnung im Erdgeschoß war verwaist, denn das Militär war kurz nach dem Krieg abgezogen worden. Die Anlage wurde nur noch für zivile Zwecke genutzt und Alfred Hirsch half Held bei den Formalitäten zur Einstellung in den Polizeidienst.

Am nächsten Morgen ging Held zu seiner Laube, um nach Vernunft und Hoffnung zu schauen. Tatsächlich waren beide Bäume schon etwas gewachsen und blühten in der Maisonne. Sie sollten zu riesigen Bäumen heranwachsen und den Menschen in der Laube Schatten spenden. Die verbundenen Hoffnungen konnten sie jedoch nicht erfüllen, nicht mal als Symbol. Die Menschheit lässt es einfach nicht zu.

Josef und Mary fanden jedoch das, wonach sie gesucht hatten: eine sichere und lebenswerte Existenz.

Kapitel - 12
Vorhang zu

Am Montag, den 30. August 1923, schritt eine große Trauergemeinde hinter einem Sarg, der auf einer schwarzen Kutsche durch den Waldfriedhof in München gefahren wurde. Es war ein herrlicher Sommertag, der so gar nicht zu diesem Anlass passte.

Als das Grab erreicht war, luden vier schwarz gekleidete Männer ihn ab und legten den Sarg auf Holzbalken über der Graböffnung.

Eine tief verschleierte Frau, gestützt von Freundinnen aus dem Theater, trat weinend und schluchzend an das Grab und beobachtete, wie dieser langsam in die Grube versenkt wurde.

In München war diese Beerdigung ein Ereignis. Ein großer Sohn der Stadt war gestorben. Julius Freiherr von der Heydte.

Es waren viele gekommen. Darunter auch höher gestellte Persönlichkeiten aus Politik und Wirtschaft. Fast schien es so als wenn ganz München Abschied nehmen wollte.

Clara stand ganz vorne am Grab und war völlig abwesend. Der Schmerz über den Verlust ihres geliebten Mannes war einfach zu stark.

Sie war völlig in sich gekehrt und die letzten knapp fünf Jahre zogen vor ihrem geistigen Auge vorbei.

Gleich nach dem Krieg, im Januar 1919, war sie aus Schottland zu ihrem Julius zurückgekehrt und in die Villa am englischen Garten eingezogen.

Wenige Monate danach wurde geheiratet und es begann die glücklichste Zeit in ihrem und im Leben ihres geliebten Gatten.

Von der Heydte hatte noch zu Kriegszeiten seine Karriere weiter vorangetrieben und war 1913 zum Senatspräsident am Verwaltungs-gerichtshof berufen worden.

Leider machte die Gesundheit nicht mit und so wurde er ein Jahr später in den einstweiligen Ruhestand versetzt.

Im Jahr 1920 aber ging es gesundheitlich wieder aufwärts und daher wurde er zum Generalstaatsanwalt am Verwaltungsgerichtshof ernannt.

An dieser Entwicklung hatte Clara einen großen Anteil. Sie weckte und förderte mit ihrer andauernden fröhlichen Art die Lebenskraft von Julius.

Beide schwebten auf einer riesigen Wolke und jeder freute sich am Morgen schon darauf, den anderen zu sehen.

So oft die Arbeit, die von der Heydte wie immer sehr ernst nahm, es zuließ, verbrachten sie die Zeit miteinander.

Ob kulturelle Veranstaltungen oder einfache Spaziergänge durch den englischen Garten hin zum Eisbach oder dem Biergarten am chinesischen Turm – es wurde jede Minute intensiv ausgekostet.

Trotz des Altersunterschiedes von über zwanzig Jahren benahmen sich die beiden wie turtelnde Teenager.

Clara war wieder im Theater engagiert und Julius verpasste nicht eine Aufführung. Bei den beruflich notwendigen Gala-Abenden stand Clara sofort im Mittelpunkt und verstand es meisterlich die Gesellschaft mit ihrer Fröhlichkeit und Eloquenz zu unterhalten.

Julius war nicht nur über alle Maßen glücklich, sondern auch sehr stolz auf seine Frau.

Für ihn war Clara nicht nur eine Lebensgefährtin. Sie war eine Göttin die den grauen Alltag zu einem Wunder transformiert hatte.

Nach all den schweren Zeiten mit Krieg und einer unglücklichen Ehe schenkte sie ihm wieder Licht und Hoffnung.

Der Polizeisender, der für von der Heydte immer noch sehr wichtig war, wurde nun nur noch zivil genutzt. Auch in dieser Hinsicht waren seine Hoffnungen erfüllt worden.

An Luise dachte er ab und zu, aber sie spielte eigentlich keine Rolle mehr in seinem Leben.

Größere Sorgen bereitete von der Heydte sein Gesundheitszustand. Er war Diabetiker und dies hatte Auswirkungen auf mehrere innere Organe.

Julius berücksichtigte zwar akkurat die Empfehlungen seiner Ärzte. Er verzichtete schon lange auf die geliebten Zigarren und hatte auch seine Ernährung auf Diät umgestellt.

Er bekam aber die Krankheit nicht so recht in den Griff und daher verschlechterte sich ab Januar 1923 sein Zustand zusehends bis er am 23. August den Kampf verlor.

Clara warf eine rote Rose in das Grab, die Lieblingsblume ihres geliebten Gatten.

Mit fünfunddreißig Jahren war sie nun Witwe und wusste, dass die Zeit der größten Gefühle für immer verloren war. Nie wieder würde sie in der Lage sein ihr Herz so weit zu öffnen.

Leider war auch der Kinderwunsch unerfüllt geblieben und so würden die einzigartigen Gefühle und Gedanken, die beide miteinander verbunden hatten, mit ihrem Tod endgültig aus dieser Welt verschwinden.

Das wusste Clara bereits an diesem Augusttag im Jahr 1923, denn sie blieb bis zu ihrem Tod allein.

Clara starb 1941 in einem KZ nahe Oświęcim, einer kleinen Ortschaft im von deutschen Truppen besetzten Polen.

Gleich nach der Ankunft im KZ Ausschwitz im Juni 1941 wurde sie in die Gaskammer verbracht und starb mit einem Lächeln auf ihrem Gesicht.

Die Rückkehr zu ihrem Julius war der eine Grund für die scheinbare Fröhlichkeit. Sie wollte aber auch nicht in einer Welt leben, die von Geisteskranken regiert und dabei noch von großen Teilen des Volkes unterstützt wurde.

Ihr einziges Verbrechen in dieser irren Zeit war ihre jüdische Abstammung.

Als ihr Körper und ihre Seele in die Rauchsäule des Krematoriums aufstieg, verfärbte sich der Rauch für einen kurzen Moment in eine leicht rötliche Farbe.

Doch keiner hat es gesehen.

Kapitel - 13
Karriere eines Psychopathen

Roos trat die eben gerauchte Zigarette auf dem Pflaster der Straße aus, die sich mitten im sogenannten Zeitungsviertels der Stadt Berlin befand und lehnte sich dann mit dem Gewehr im Anschlag an die kurz vorher errichtete Barrikade.

An beiden Seiten lauerten ebenfalls ehemalige Soldaten der Reichswehr auf den bevorstehenden Angriff der Spartakisten, eine linksorientierte Splittergruppe der Kommunisten.

Nach dem Ende des Krieges hatte sich Roos und weitere Kameraden dem Freikorps Potsdam angeschlossen. Für Roos ging es dabei nicht um Politik oder Recht und Ordnung.

Vielmehr hatte er im Krieg seine eigentliche Berufung entdeckt: das Töten von Feinden.

Auf den Schlachtfeldern von Verdun und später an der Somme hatte Franz Roos seine Mordpraktiken perfektioniert. Bei den Sturmangriffen war er stets in der ersten Reihe und wenn das Signal kam, rannte er immer wie ein Irrer in feindliches Terrain und tötete gnadenlos alles, was keine deutsche Uniform anhatte.

Ob mit dem Gewehr, dem Bajonett oder auch mit bloßen Händen; stets zog er eine Spur des Grauens in die gegnerischen Linien.

Mit einer Körpergröße von 1,85 m, breiten Schultern, einem glatzköpfigen kantigen Schädel und beinah animalischen Kräften war er kaum zu stoppen.

Fehlendes Gewissen, kaum vorhandenes Schmerzempfinden und absolute Empathielosigkeit ergänzten die Eigenschaften der Kampfmaschine namens Roos.

Bei seinen Amokläufen im Feld wurde er dabei mehrfach verwundet und stolz zeigte er seinen Kameraden die Narben, die sich ausnahmslos vorne am Körper befanden.

Im Zivilleben wäre er wohl als Serienmörder verurteilt worden. Beim Militär jedoch wurden solche Leute als Helden gefeiert und mit Orden ausgezeichnet.

Doch nun war der Krieg vorbei und Roos fiel in ein tiefes Loch. Als ein Kamerad von der Weltstadt Berlin erzählte und den diversen paramilitärischen Einheiten, die im Stadtgebiet unterwegs waren und für Ordnung sorgen sollten, wusste Roos sofort, wie sein Leben weiter verlaufen sollte.

Er ging nach Berlin und schloss sich den Veteranen an, die in Militärkleidung und schwer bewaffnet durch die Stadt zogen.

Es dauerte nicht allzu lange und Roos konnte wieder seiner Berufung nachgehen. Von einer Seitenstraße bogen mehrere Männer mit Lederjacken und Schiebermützen in die Straße ein. Sie trugen rote Armbinden und einer hatte eine rote Fahne bei sich.

Als sie die Barrikade sahen, verteilten sie sich an den Straßenrändern und mehrere eröffneten das Feuer, das von den Freikorpsleuten sofort erwidert wurde. Die Kommunisten arbeiteten sich an den Häusern entlang nach vorne in der Absicht, die Barrikade zu stürmen.

Sie waren nun nur noch 50 Meter entfernt, als einer der Freikorpssoldaten ein schweres Maschinengewehr auf die Barrikade legte und feuerte. Im Kugelhagel wurden drei der Angreifer getroffen und sie klatschten tot auf das Pflaster.

Die restlichen drei Kommunisten sahen die Ausweglosigkeit ihres Tuns und rannten davon. Nun war die Stunde der Kampfmaschine Roos gekommen.

In einem Satz sprang er samt seinem Gewehr über die Barrikade und verfolgte einen der Gegner, Franz Wimmer. Dieser bog nach rechts in eine Hauseinfahrt ab und versteckte sich hinter einem kleinen Mauervorsprung.

Roos lief mit dem Gewehr im Anschlag hinterher und da er weder Angst noch Vorsicht kannte, übersah er diesen Mauervorsprung und die damit verbundene Gefahr. Wimmer hatte mit der Dummheit seines Gegners gerechnet und sprang in dem Moment aus seinem Versteck, als Roos dicht dran war.

Er riss seinem Feind das Gewehr aus den Händen und schleuderte es weit in den Hof. Wimmer war ebenfalls völlig furchtlos und ähnelte in vielen Dingen seinem Gegner. Es gab nur einen Unterschied: Wimmer war mit seinen knapp zwei Metern größer als Roos und zudem erfolgreicher Schwergewichtsboxer.

Wie immer griff Roos sofort an und wollte den Feind zu Matsch prügeln.

Wimmer wich jedoch geschickt aus und verpasste seinem Gegner erst mal einen gewaltigen Leberhaken, der sogar dem eigentlich schmerzunemp-findlichen Roos die Luft nahm und ihn nach vorne kippen ließ.

Nun folgten mehrere schwere Treffer im Gesicht. Wimmer schlug mit äußerster Härte zu und zertrümmerte nicht nur das linke Jochbein von Roos sondern entfernte mit dem zweiten Schlag mehrere Zähne seines Feindes. Die Wucht war so groß, dass drei Zähne in seiner Faust stecken blieben.

Zum ersten Mal ging Roos K.O. und fiel besinnungslos auf das Pflaster. Sofort sprang Wimmer auf ihn drauf um weiter auf ihn einzuschlagen, als plötzlich ein Schuss krachte.

Die Kugel durchschlug die linke Schläfe von Wimmer und dieser fiel wie ein nasser Sack seitlich auf den Boden. Ein Kamerad des Freikorps war Roos gefolgt und bereinigte auf diese Art die Gefahrensituation, ohne zu ahnen, was für einen Kameraden er vor dem Tod bewahrt hatte.

Er zog den immer noch bewusstlosen Roos an die Hausmauer und schüttete einen Kübel kalten Wassers über ihn.

Roos wurde dadurch wieder wach und ohne dem Kameraden zu danken verlangte er eine Zigarette und rauchte wie damals nach seinen Amokläufen, als er wieder im Schützengraben zurück war oder auch mal in einem Bombentrichter saß samt den Leichen der gegnerischen Soldaten.

Dabei fühlte oder dachte er gar nichts. Er stierte nur vor sich hin und rauchte.

Für ihn war es nur ein weiterer ausgeführter Befehl und somit war das Morden irgendwie legitimiert.

Sein Kamerad, der ihm das Leben gerettet hatte, schüttelte nur den Kopf und verließ den Ort.

In den nächsten Tagen wurde der Aufstand der Kommunisten niedergeschlagen und man zählte 156 Tote.

In der Folgezeit wurden die Einsätze des Freikorps für Roos immer langweiliger, da sich insgesamt die Lage beruhigte und somit die Kampfeinsätze abnahmen.

Daher folgte er im Januar 1920 ein paar politisch engagierten Kameraden nach München, wo eine neue Partei gegründet werden sollte.

Am 24. Februar 1920 hörte Roos die erste Rede seines neuen Idols im Hofbräuhaus in München. Nun wusste er, wo seine persönliche Heimat war und völlig begeistert von der Ideologie trat er wenig später als einer der Ersten in die NSDAP ein.

Es war weniger die politische Ausrichtung dieser neuen Partei als vielmehr die ausgesprochen autoritären Strukturen, auf das alles aufgebaut war.

Das war seine Welt. Man musste selbst nicht mehr denken, da es Andere gab, die diesen Part übernommen hatten. Roos konnte nun wieder das gewohnte Leben führen. Er brauchte nur Befehle ausführen und ferner fühlte er sich in einer martialischen Umwelt sicher und wohl.

Der „berufliche" Werdegang war nun schablonenhaft vorgezeichnet. Nach dem Eintritt in die Partei kam der Wechsel zur SA, dem militärischen Arm der Partei bis zur Gründung der SS.

In der Zeit bei der SA konnte Roos seine Triebe voll befriedigen. In diversen Saalschlachten und Prügelaktionen zunächst gegen politische Gegner und später gegen die jüdische Bevölkerung erlangte der psychopathische Triebtäter Roos hohes Ansehen in der Partei.

Als im April 1925 die SS gegründet wurde, war Roos sofort unter den ersten Bewerbern. Aufgrund der hohen Reputation, die er sich vorher erworben hatte, war die Aufnahme lediglich eine Formsache.

Ob bei militärischen Übungen oder ab 1933 in den Folterkellern der Gestapo; Roos war immer höchst motiviert bei der Sache und im Rang eines Rottenführers wechselte er 1934 zu den SS-Totenkopfverbänden.

Je mehr irgendetwas nach Blut und Tod roch war es für Roos von größtem Interesse und so kam im August 1937 die Versetzung nach Dachau.

Als Roos das schwere Eisentor mit der schmiedeeisernen Inschrift „Arbeit macht frei" öffnete, zogen gerade Häftlinge mit einem Handkarren vorbei, auf dem mehrere aufeinander gestapelte Leichen lagen.

Äußerlich unterschieden sich die Lebendigen nicht von den Toten.

Es waren lauter ausgemergelte Gestalten mit leeren Blicken und es roch nach Tod. Begleitet wurden sie von einem SS-Mann mit einer Reitpeitsche, der ohne Unterbrechung brüllte und immer wieder auf die Häftlinge einschlug.

Rottenführer Roos brüllte ein anderer SS-Scherge von der Seite, mitkommen.

Es war Oberscharführer Klein, der den Auftrag hatte, den „Neuen" zum Lagerkommandanten zu bringen. Wie war die Anreise fragte Klein und Roos bemerkte militärisch knapp: bestens. Bis zur Kommandantur wurde kein Wort mehr gewechselt.

Lagerkommandant Hans Loritz saß hinter seinem Schreibtisch und schaute sich Roos lange an.

Sie wissen, was man hier von Ihnen erwartet ? Loritz schlug einen beinahe väterlichen Ton an, obwohl er wie Roos völlig unberechenbar war und bei kleinsten Anlässen schon aus der Haut fuhr und eine metaphorische Verwandlung ähnlich wie bei Dr. Jekyll und Mr. Hyde vollzog. Meistens war er Mr. Hyde, nur noch viel schlimmer.

Roos schlug die Hacken zusammen und versprach sein Bestes zu geben.

Nun lieber Roos, fuhr Loritz weiter, ich habe schon viel von Ihnen gehört. Sie passen hier rein wie die Faust aufs Auge und ich erwarte von ihnen äußerste Disziplin und eine gewissenhafte Erledigung der Aufgaben.

Darüber hinaus könnten Sie zum Vorbild der vielen jungen Kameraden werden, wenn Sie Ihnen beibringen, wie wir mit unseren Gegnern umgehen.

Jawoll schrie Roos und sein Blick verfinsterte sich deutlich. Loritz lächelte zufrieden und rief nach Oberscharführer Klein, der Roos zu seinem Quartier führen sollte.

Ruhen Sie sich heute mal aus und morgen bitte pünktlich zum Appell erscheinen ! Roos schlug wieder die Hacken zusammen und verließ mit Klein das Büro.

Loritz, selbst ein Psychopath ersten Grades, sah in Roos einen kongenialen Partner, um die Mordrate im Lager deutlich zu erhöhen.

Ein Konkurrent konnte Roos aufgrund des fehlenden Intellekts nicht sein. Nur ein williges Werkzeug zur Steigerung des Terrors und der Opferzahlen und als Vorbild für den Nachwuchs.

Schon am nächsten Tag konnte Roos seine Fähigkeiten unter Beweis stellen und die Annahmen von Loritz bestätigen.

Der Appellplatz war gefüllt mit Häftlingen, die in geordneter militärischer Haltung durchzählten.

Gegenüber stand ein Teil der Wachmannschaften, vornehmlich junge Männer und seitlich der Kommandant Loritz. Roos befand sich zwischen den Reihen und brüllte seine Befehle.

Aus nicht erkennbaren Gründen mussten die Häftlinge immer wieder von vorne die Zählung beginnen und manch einer ließ sich von dem ewigen Gebrüll des Rottenführers aus dem Konzept bringen, sodass wieder neu gestartet werden musste.

In der ersten Reihe stand Alois Meier, der bereits drei Jahre inhaftiert war. Meier konnte sich kaum auf den Beinen halten. Die ständige Unterernährung bei permanenter Überanstrengung durch die Schwerstarbeit hatten ihre Spuren hinterlassen.

Ferner war Meier vor wenigen Tagen ausgepeitscht worden. Den Grund hierfür hatte er bis heute nicht verstanden.

Aber es war eigentlich egal. Ob mit Begründung oder ohne, letztlich ging es nur darum dass ein meist angetrunkener SS-Mensch seine niederen Triebe befriedigen wollte.

Meier sah in den Himmel und wagte einen Blick in die Vergangenheit. Im Krieg schwer verwundet kam er Ende 1918 zurück in sein Heimatdorf, wo er als Schuster ein bescheidenes Leben führte.

In dem Mehrfamilienhaus hatte er im Parterre seine kleine Werkstatt samt Wohnung.

Darüber war eine weitere Wohnung mit drei Zimmern, geeignet für kleine Familien. Bis 1933 wechselten mehrfach die Mieter, aber Meier hatte immer Glück gehabt mit seinen überwiegend ruhigen Nachbarn.

Bis Mitte 1933 die Familie Winkler einzog. Erna Winkler war eine kleine, zierliche und ruhige Frau, die brav ihren Haushalt erledigte. Die Kinder Fritz und Lena waren noch klein und spielten gerne im Hof hinter dem Gebäude.

Nur Hans Winkler passte so gar nicht ins Idyll. Er verschwand oft gleich nach der Arbeit in der Kneipe und kam meist spät und sturzbesoffen nach Hause.

Dies wäre an und für sich auch nicht schlimm gewesen, wenn der Idiot nicht im Vollrausch seine Frau geweckt und anschließend regelmäßig verprügelt hätte.

Meier mochte sich erst mal nicht in die Familienangelegenheiten einmischen, aber eines Tages im Mai 1934 eskalierte das Ganze.

Sein Leben war geordnet und strukturiert. Am Sonntag traf er sich oft mit Freunden zum Kartenspiel.

Seine Freundin, die Kellnerin Rosi, besuchte ihn regelmäßig und man fasste in 1934 schon eine Heirat ins Auge.

Mit dem Schuhladen konnte man zwar nicht reich werden, aber es reichte fürs Überleben.

Die wenigen Verwandten lebten verstreut in Bayern. Zu Ihnen hatte Meier wenig Kontakt.

Wieder war Winkler betrunken nach Hause gekommen und hatte seine Frau aus dem Schlafzimmer getrieben. Diesmal schlug er aber heftig auf Erna ein, die laut nach Hilfe schrie. Ferner waren auch die Kinder zu hören, die schrien und weinten und nun reichte es.

Meier lief nach oben und schlug diesen Irren krankenhausreif. Das alles wäre erst mal nicht so schlimm gewesen. Doch Winkler war rachsüchtig und ging zur Gauleitung, wo er einen alten Kumpel hatte.

Er denunzierte Meier als Kommunisten, der angeblich konspirativ gegen das System arbeitete. Ferner beschuldigte er Ihn seiner Frau nachzustellen.

Die Gestapo kam unangemeldet mitten in der Nacht und stellte die Wohnung von Meier auf den Kopf. Dabei stellten sie ein altes nachträglich coloriertes Foto sicher, das Meier mit ein paar Kameraden mit roten Armbinden und der für Kommunisten üblichen Kleidung wie Lederjacke und Schiebermütze zeigte.

In den Zwanzigern hatte Meier eine Zeitlang mit der KPD sympathisiert. Doch irgendwann hatte er genug von den ewigen Parolen und auch von den Saalschlachten mit den Nazis und stellte daher den Kontakt ein.

Meier hatte das Foto erst aus sentimentalen Gründen aufgehoben und später vergessen. Für die Nazischergen war der Fall klar. Meier war Regimegegner, zumal er ferner nicht das fehlende Hitlerbild erklären konnte.

Nach schweren Misshandlungen sagte Meier das was die Nazis hören wollten und schon am nächsten Tag wurde er in das KZ Dachau verbracht.

Nun stand er in der ersten Reihe auf dem Appellplatz und hatte vor sich wieder einen Irren mit hochrotem Kopf und Glatze, der wie ein Wahnsinniger brüllte.

Meier hatte in den letzten Wochen viel nachgedacht und war zu dem Schluss gekommen, dass er hier nie wieder rauskommen würde. Er war es auch Leid, die vielen Leichen zu sehen und Lebendige, die aussahen wie Leichen.

Der ewige Hunger, die schweren Strapazen und ferner die grundlosen und harten Bestrafungen hatten Meier den Lebensmut genommen.

Er konnte nicht mehr und fasste daher einen Beschluss.

Der brüllende Roos stand nun direkt vor Ihm und durch das Brüllen hatte diese Bestie bereits Schaum vorm Mund. Meier konnte nicht verstehen, was Roos eigentlich wollte, er war von der Brüllerei schon fast taub.

Einen kleinen Moment lang dachte er noch mal an seine Rosi und an die vielen schönen Momente, die sie im geschenkt hatte. Dann dachte er sich Scheiß drauf und brüllte Roos an: Leck mich am Arsch du Sau!

Roos prallte erschrocken ein Stück zurück und schaute beinahe ungläubig diesen Häftling an. Wie konnte eine aus Sicht der Nazis minderwertigste Kreatur es wagen, einen Herrenmenschen derart zu beleidigen.

Roos war für einige Sekunden wie paralysiert. Dann fing er sich und wie ein Wolf sprang er nach vorne und packte Meier an seiner Kluft.

Bereits der erste Schlag war tödlich, aber Ross schlug weiter auf den Häftling Nummer 26483 ein, bis das Gesicht nicht mehr erkennbar war.

Dann packte er den nächsten Häftling und erschlug auch diesen. Erst als weitere vier Leichen am Boden lagen, stellte Roos seine Aktivitäten ein.

Nicht weil seine Mordlust nun getilgt war. Nein die Kondition machte nicht mehr mit und so stand Roos erschöpft neben dem Leichenhaufen.

Aber selbst solche Ereignisse wurden von Seiten der Bewacher mit absoluter Gleichgültigkeit registriert. Sie waren in der Regel völlig abgestumpft und sollten doch mal Gefühle aufkommen, wurden diese in Alkohol ertränkt.

Roos wurde von den jüngeren Augenzeugen sogar bewundert und sogleich in den Status eines Vorbildes gehoben. Der Lagerkommandant Loritz war mit seinem neuen Mitarbeiter sehr zufrieden und übertrug ihm zukünftig sogenannte Sonderaufgaben.

Was waren schon weitere sechs Leichen. Die Todesrate im Lager war ohnehin sehr hoch und der Tod hatte viele Gesichter. Erschöpfung, Hunger, Krankheiten, Misshandlungen, medizinische Experimente, willkürliche Todesurteile und dergleichen mehr.

In der Schiessanlage im nahegelegenen Hebertshausen wurden Häftlinge als lebendige Zielscheiben eingesetzt. Der Wahnsinn kannte keine Grenzen.

Meier wurde nach Nazimanier im Krematorium entsorgt. Sein Bruder bekam von der Lagerleitung ein Schreiben, worin mit großem Bedauern die Todesnachricht übermittelt wurde. Angebliche Ursache war ein nicht näher beschriebener Arbeitsunfall.

Auch das war Teil der Todesfabrik.

Kapitel - 14
Unternehmen Maulwurf

Betty Wolferton sperrte den Lebensmittelladen ab und schlenderte selbstzufrieden in Richtung ihrer Wohnung im Zentrum von Ullapool im Nordwesten von Schottland.

Den ganzen Tag über war sie angespannt und zuweilen nervös gewesen, doch je näher der Termin heranrückte, desto ruhiger wurde sie.

Endlich war es soweit, sie hatte einen wohl sehr wichtigen Auftrag bekommen. Hinter der Fassade einer eher biederen und unscheinbaren Mittdreißigerin gab es ein Geheimnis, das so niemand vermuten würde.

Betty hatte schon Anfang der 1930-Jahre politisches Interesse gezeigt und fand die nationalsozialistische Ideologie irgendwie spannend und faszinierend. Im Laufe der Jahre konnte sie ihr Wissen über diese Bewegung ausbauen und entwickelte sich mit der Zeit zu einer glühenden Anhängerin.

Dieser Begeisterung entsprang dann im März 1938 ein enthusiastischer Brief an das Auswärtige Amt in Berlin, worin sie nicht nur in pathetischer Form die Nazi-Bewegung anpries, sondern sich auch als willige Helferin andiente.

Zuerst kam längere Zeit keine Antwort und Betty schämte sich schon fast für ihre Naivität.

Warum sollte sich ein so mächtiger Staat mit einer kleinen Lebensmittelverkäuferin abgeben. Einfach lächerlich.

Doch im März 1939 fand sie eines Abends einen kleinen Zettel im Briefkasten, worin nur ein Datum mit Uhrzeit, ein Code und ein Pub in der Altstadt notiert war. Tragen Sie als Erkennungszeichen eine dunkle Kopfbedeckung. James.

Betty war wie elektrisiert. Das Ganze war schon ziemlich mysteriös aber konnte mit ihrer Briefaktion in Verbindung stehen.

Sie zog sich kurz um und frischte sich vor ihrem Spiegel auf.

Dann nahm sie die vorbereitete Kopfbedeckung, einen kleine schwarzen Hut und verließ die Wohnung in Richtung des Treffpunkts, das Pub „Old Smuggler" in der Nähe des kleinen Hafens. Dort bezog sie in einer etwas abgelegenen Ecke Stellung, bestellte sich ein Bier und beobachtete gespannt die Eingangstür.

Hallo mein Name ist James hörte sie plötzlich eine Stimme hinter ihr und sagte das vorgegebene Codewort. James setzte sich an den Tisch und war erst mal ziemlich überrascht. Vor ihm saß eine zierliche blonde Frau, ziemlich attraktiv mit einer angenehmen Ausstrahlung.

Er verwickelte sie in ein psychologisch aufgebautes Gespräch und war von ihrer Intelligenz und vor allem über das Wissen über Nazi-Deutschland schnell überzeugt.

Nach einiger Zeit ließ James die Katze aus dem Sack.

Ich will gar nicht lange um den Brei herumreden, Betty. Du sollst wissen mit wem du zu tun hast und welche Ziele wir verfolgen.

Ich gehöre einem im Untergrund agierendem Netzwerk von britischen Nationalsozialisten an und wir suchen für verschiedene Aufgaben Verstärkung.

Deswegen hatte ich um dieses Gespräch gebeten, zumal der deutsche Geheimdienst eine entsprechende Empfehlung rausgegeben hatte.

Betty wurde rot vor Erregung. Ihr Brief hatte also doch etwas bewirkt.

James plauderte weiter über das Große und Ganze, ohne allerdings zu viel Details zu verraten.

Ein paar Bierchen später verabschiedete man sich und James versprach sich wieder zu melden. Der nächste Termin kam schneller als erwartet. Bereits 2 Wochen nach dem ersten Date traf man sich wieder. Diesmal aber in einer abgelegenen Stelle am Hafen, um das Risiko belauscht zu werden, auszuschalten.

Betty unsere Führung ist überzeugt, dass du uns in dieser großen Sache unterstützen könntest. Wir werden dich als Maulwurf in die Organisation aufnehmen.

Dies bedeutet, dass du dein Leben so unauffällig wie möglich führst und wir dich dann für Einsätze, die deiner Qualifikation entsprechen, aktivieren. Ich bin dein Verbindungsmann.

James zündete sich eine Zigarette an und hielt Betty die Schachtel unter die Nase. Betty lehnte jedoch ab und platzte fast vor Stolz.

Nun war sie kein Nobody mehr. Aus ihrer Sicht war ihr Status nun erheblich befördert worden und sie brannte schon auf den ersten Einsatz.

James verabschiedete sich und hielt in den folgenden Jahren einen lockeren Telefon- und Briefkontakt zu Betty. In der Abgeschiedenheit der schottischen Highlands gab es so gut wie keine Aktivitäten dieser geheimen Organisation, sodass die Mitgliedschaft Bettys auf den losen Kontakt mit James begrenzt war.

Als Bettys anfängliche Euphorie längst schon einer realen Er-
nüchterung gewichen und ihre Hoffnungen auf einen Einsatz
verflogen war, kam im Oktober 1941 der Anruf, der Bettys Leben vollkommen auf den Kopf stellen sollte.

James bat um einen kurzfristigen Termin und bereits zwei
Tage später saßen sie abends wieder im Old Smuggler.

Was weißt du über Gruinard Island fragte James. Nicht sehr
viel antwortete Betty, militärisches Sperrgebiet der Briten und
nicht allzu weit entfernt von hier.

Das stimmt, setze James fort. Aber es steckt noch viel mehr
dahinter. James zündete sich eine Zigarette an und schaute Betty
tief in ihre Augen.

Dort wird die vermutlich schlimmste biologische Waffe der
Neuzeit entwickelt: Milzbranderreger. Militärisch richtig eingesetzt kann diese Waffe Millionen Menschen das Leben kosten
und darüber hinaus die Böden auf lange Zeit verseuchen und für
die Landwirtschaft unbrauchbar machen.

Unsere Organisation ist der Meinung, dass nicht nur eine Seite diese Waffe besitzen darf.

Zur Abschreckung und für das militärische Gleichgewicht ist
es unbedingt erforderlich, dass auch das Deutsche Reich diese
Waffe besitzt.

Betty nickte und fragte James, wie sie hierbei helfen könne.

Es gibt da einen Virologen, der seit Jahren in dieser Einrichtung tätig ist und nach unseren Recherchen eine ähnliche Meinung zu diesem Thema vertritt.

Auch soll er Sympathien für den Nationalsozialismus haben,
was die Sache erleichtern könnte.

James bestellte noch ein Bier und ging dann ins Detail.

Falls du diese Aufgabe übernehmen möchtest, besteht der Plan darin, sich mit allen Mitteln das Vertrauen des Mannes zu verschaffen, um ihn umzudrehen, damit er uns eine Probe des Erregers besorgt.

Im Reich wird zwar auch geforscht. Der Durchbruch ist aber in weiter Ferne.

Betty war Feuer und Flamme. James das ist doch gar keine Frage. Natürlich stehe ich bedingungslos zur Verfügung. Ich benötige die relevanten Details und werde anschließend systematisch unser Ziel umsetzen.

Betty war schlagartig wieder in der Euphorie, die am Anfang dieser Verbindung ihr Herz hatte höher schlagen lassen und wäre James am liebsten um den Hals gefallen.

Gut sagte dieser, wir treffen uns nächste Woche wieder unten am Hafen. Ich komme mit einem Boot mit einer englischen Fahne am Heck.

Dort können wir ungestört über alles reden. Und keine Angst, die Kabine unter Deck kann beheizt werden scherzte James und beide verließen das Lokal.

In der folgenden Woche schipperte ein kleines Fischerboot über die Irische See. Im Bauch des Bootes zeigte James seiner Komplizin die Unterlagen und erklärte detailliert den Einsatz.

Der Mann heißt Frank Krane und ist Mitte vierzig. Er zeigte Betty ein Foto von einem unscheinbaren hageren Mann mit Nickelbrille.

Er hat in Ullapool ein kleines Haus und ist alle sechs Wochen für etwa zehn Tage da. Dort lebt er allein; nur eine Zugehfrau kümmert sich um das Haus.

Wir vermuten, sagte James, dass er nach London Bericht erstatten muss und daher in diesen Intervallen auf dem Festland ist. Die restliche Zeit arbeitet er auf Gruinard Island und ist daher in unseren Fokus geraten.

Dann zeigte er Betty eine Landkarte der Insel mit den militärischen Einrichtungen. Auf der Karte war im militärischen Sicherheitsbereich am Rand ein rotes Kreuz aufgemalt.

An dieser Stelle grenzt der Sicherheitszaun direkt an der Steilküste fuhr James fort.

Du musst Krane dazu bringen, dass er an einem bestimmten Zeitpunkt diese Flasche hier in das Meer wirft.

James legte einen Behälter aus Aluminium ähnlich einer Thermosflasche auf den Tisch. Das ist doch eine ordinäre Thermosflasche meinte Betty und glaubte an einen Scherz.

Eine nicht ganz alltägliche meinte James und nahm den Behälter in die Hand.

Auf dieser Seite ist ein Schraubverschluss und da kann man seinen Tee einfüllen. Das ist aber nur Tarnung. Die untere Hälfte lässt sich abschrauben und James holte einen kleinen Behälter aus der Flasche und zeigte Betty, wie der Spezialverschluss zu öffnen war.

Dort sollen die Milzbranderreger eingefüllt werden und dann wird das ganze wieder verschlossen. Auch die obere Seite konnte komplett abgeschraubt werden und da wurde ein Batteriefach sichtbar.

Diese Batterien müssen vor der Wurfaktion eingelegt werden meinte James und dann passiert das. James drückte auf einen versteckten Knopf auf der Unterseite und da leuchtete ein Licht bandförmig in der Mitte der Flasche und ferner gab es alle 10 Sekunden ein akustisches Signal.

Betty war schwer beeindruckt und riss die Augen weit auf.

Damit lässt sich das Ding im Meer orten. Mehr musst du aber auch nicht wissen.

James lehnte sich zurück und steckte sich eine Zigarette an.

Und meine Aufgabe ist es nun, Krane dazu zu bringen, den Stahlbehälter mit den Viren zu füllen und die Flasche ins Meer zu werfen. Und das mit allen Mitteln. Natürlich auf freiwilliger Basis.

Das ist korrekt sagte James und du verfügst über Möglichkeiten, die ich als Mann nicht habe. James grinste und Betty war für einen kurzen Moment verlegen.

Gut wenn wir damit eine riesige Katastrophe vermeiden, will ich nichts unversucht lassen meinte Betty und das Boot schipperte langsam zurück in den Hafen.

Betty bekam noch weitere Informationen über die Lebensführung von Krane und wusste daher, dass er in bereits fünf Tagen wieder in Ullapool sein sollte.

Ferner ging Krane laut den Unterlagen jeden Dienstag in ein bestimmtes Restaurant am Hafen zum Essen und daher fasste Betty spontan einen Plan, um an Krane ranzukommen.

Es war bereits Ende November und ziemlich kalt, als an einem Dienstagabend eine gut gekleidete Frau hinter einer kleinen Wand im Eingangsbereich eines Restaurants stand. Der erste Schnee war bereits gefallen und tauchte das Land in ein helles Weiß.

Es näherte sich ein Mann mit Nickelbrille. Er hatte den Hut tief ins Gesicht gezogen und den Mantelkragen hochgestellt. Als er beinah den Eingang erreicht hatte, sprang plötzlich die Frau hinter einer Wand hervor und so stießen sie zusammen.

Die Frau fiel auf den Boden und hatte sich offenbar den Knöchel des rechten Fußes verstaucht.

Oh das tut mir wahnsinnig leid, sagte Krane und half der Frau wieder auf die Beine. Nicht doch meinte Betty, ich habe das ganze verursacht durch meine Hektik.

Nein Nein bestand Krane auf seine Schuld. Ich bin zuweilen wie ein Elefant.

Das Eis war gebrochen. Darf ich Sie zwecks Wiedergutmachung zum Essen einladen? Betty lächelte. Ja aber nur ausnahmsweise.

Krane sollte von Anfang an getäuscht werden. Darum wollte Betty nicht schon am nächsten Tag ein Treffen mit ihm. Sie erfand eine Ausrede und so kam erst vier Tage später ein Rendezvous zustande.

Krane war darüber nicht sehr glücklich, denn er hatte am ersten Tag schon Feuer gefangen und so trafen sie sich noch ein drittes Mal, bevor er wieder zur Insel zurück musste.

In der Folgezeit kamen sie sich immer näher und schon beim zweiten Festland-Intervall verführte Betty den unscheinbaren Wissenschaftler und spielte von nun an die hoffnungslos verliebte Frau.

Bei einem weiteren Abendessen lenkte Betty geschickt das Gespräch in die gewünschte Richtung. Krane hatte ihr im Vertrauen bereits seine berufliche Stellung mitgeteilt und das er an der Forschung und Entwicklung eines biologischen Kampfstoffes beteiligt war.

Betty begann zu philosophieren. Wenn nun dieser Kampfstoff eine derart verheerende Wirkung entfaltet sagte sie mit einer sehr ernsten Miene, wie kann dann der Einsatz dieser schrecklichen Waffe verhindert werden.

Krane sah sie einen Moment wie versteinert an. Die einzige Möglichkeit wäre Abschreckung und schob sich ein Stück Steak in den Mund.

Du meinst dass die Gegenseite auch diese Waffe haben müsste und beide Kriegsparteien aus Angst vor den Folgen auf den Einsatz verzichten würde ?

Betty lächelte verlegen und wartetet gespannt auf die Antwort.

Ja das wäre auch meine These. Aber wie sollte das Zeug in den Besitz der Deutschen kommen ?

Nun setzte Betty alles auf eine Karte. Lieber Frank, ich kenne da Leute, die sowas realisieren könnten. Krane erschrak im ersten Moment, zeigte aber dann doch echtes Interesse und so zeigte ihm Betty am nächsten Tag die Karte und die spezielle Thermosflasche und erklärte den Ablauf.

Wärst du bereit, uns zu helfen fragte Betty. Nach kurzer Bedenkzeit nickte Krane, denn als überzeugter Pazifist hatte er sich schon länger mit der Thematik befasst und dabei schwere moralische Bedenken entwickelt.

Betty informierte James und kurz vor der Abreise zur Insel gab sie Krane einen Zettel, worin lediglich ein Datum und eine Uhrzeit vermerkt war.

Krane versteckte diesen in der Thermosflasche und machte sich auf den Weg.

Am 27. März 1942 stand Krane mit einem Kollegen im Labor und hantierte an diversen Milzbrandkulturen, die sich hinter einer dicken Glaswand befanden und nur mit im Glas befestigten Gummihandschuhen erreichbar waren.

Sein Kollege Chester Pruth stand etwa zwei Meter neben ihm und arbeitete ebenfalls mit Hilfe der Handschuhe.

Krane sah immer wieder zu ihm und wartete auf eine bestimmte Reaktion. In einem unbeobachteten Moment hatte er Rizinusöl in den Tee von Pruth gegeben und tatsächlich musste dieser plötzlich und schnell den Arbeitsplatz verlassen.

Krane zog die Thermosflasche aus einer Aktentasche, schob über eine kleine Schleuse den Spezialbehälter in den Arbeitsbereich und bugsierte mehrere Kulturen in den Behälter.

Bevor Pruth wieder zurück kam, war die Flasche wieder in der Tasche verstaut und Krane hatte den gefährlicheren Teil seiner Mission erledigt. Er kuckte auf die Uhr. Bis 22:00 Uhr Ortszeit war noch genügend Zeit übrig und so machte er in aller Ruhe seine Arbeit fertig.

Die See war ruhig und die tiefschwarzen Wolken hingen bleischwer am Himmel, als sich unbemerkt ein Seerohr durch die Wasseroberfläche schob, unweit vor der Steilküste von Gruinard Island.

Am Periskop von U 758 stand der Befehlshaber, Oberleutnant zur See Hans Arend Feindt. Üblicherweise operierte dieses U-Boot im Nordatlantik oder in den Gewässern um England. Dieses Mal war aber eine streng geheime Mission zu erfüllen und Olt. Feindt war der Vollstrecker.

Mit an Bord waren zwei eher ungemütliche Typen; Kampschwimmer der Marine samt Ausrüstung. Erich Schrader und sein Kollege Werner Beck.

Sie waren für derlei Einsätze trainiert und hatten sich akribisch vorbereitet.

Torpedorohre ausblasen und bemannen. Feindt's Stimme klang über die Sprechanlage etwas hölzern, in jeden Fall militärisch knapp.

Schrader und Beck zwängten sich in ihren Taucheranzügen samt Ausrüstung in das Torpedorohr 1 und gaben dann das Zeichen, das Rohr zu verschließen.

Nach der Flutung und Öffnung des Rohrs wurden sie in das eiskalte Wasser des Atlantiks gespült und schwammen sofort in Richtung Ufer.

Nach etwa 80 Metern waren sie am Ziel. Während Beck ca. fünf Meter vor der Steilküste rücklings im Wasser schwamm, ging Schrader auf dem schmalen Streifen an Land und fand am Felsen eine Markierung. Sie waren an der richtigen Stelle und mussten nur noch eine halbe Stunden warten.

Krane wurde immer nervöser und starrte beinahe alle 30 Sekunden auf seine Uhr. Alles musste minutiös ablaufen, um jedes Risiko zu vermeiden. Fünfzehn Minuten vor der festgelegten Zeit ging er auf einem vorbestimmten Weg zwischen den Baracken zur markierten Stelle am Zaun.

Ein letzter Blick auf die Uhr und Krane warf mit aller Kraft die aktivierte Thermosflasche über den Zaun. Anschließend zündete er sich eine Zigarette an und starrte in den Nachthimmel.

Hände hoch und langsam umdrehen befahl einer der Wachsoldaten, die auf die Gestalt am Zaun aufmerksam geworden waren.

Krane führte den Befehl aus und starrte in zwei Gesichter, während seine Knie butterweich wurden.

Ach Sie sind es Mr. Krane, sagte George und senkte sein Gewehr, was tun Sie hier so spät?

Ich bin nur etwas an die frische Luft, weil es mir übel war und hab mich verlaufen, da sich ständig meine Gedanken bewegen, log Krane.

Da will ich nicht so sein, sagte George. Bitte gehen Sie zu Ihrer Unterkunft zurück. Sie befinden sich in der roten Zone, die keinesfalls betreten werden darf.

Danke sagte Krane, setzte sich in Bewegung und wünschte den Wachsoldaten noch einen schönen Abend. Diese Wissenschaftler dachte George, die sind nicht von unserer Welt.

Zuerst sah Schrader nur einen winzigen Lichtpunkt von der etwa 30 Meter hohen Steilwand fallen. Sekunden später hörte er den ersten Piepton. Was hier durch die Luft flog hatte ihn und seinen Kollegen aus einem weit entfernten Land hergeführt.

Er watschelte etwas unbeholfen wegen der Taucherflossen zum Wasser und beide setzen sich in Bewegung, nachdem das Objekt auf dem Wasser geplatscht war.

In Ufernähe war es nicht mal 5 Meter tief und so fanden sie sehr schnell den Behälter und Schrader verstaute ihn in einem kleinen Netz.

Das U-Boot setzte nun in einem Intervall von 20 Sekunden ein akustisches Signal ab, damit die Kampfschwimmer in völliger Dunkelheit zurückfinden konnten.

Nach etwa 15 Minuten stießen sie an die Außenhaut des Bootes und hangelten sich bis zum geöffneten Torpedorohr vor. Das Boot nahm Kurs auf seinen Heimathafen La Rochelle, um den Behälter an Obersturmbannführer Heintze zu übergeben.

Dieser brachte ihn dann in einer Nonstopfahrt mit zwei weiteren SS-Männern ins Reich.

Kapitel - 15
Friede auf Zeit

Nach der Rückkehr im Jahr 1920 hatten sich Held und seine Frau Mary schnell eingelebt. Die Wohnung im Polizeisender war im Vergleich zu dem Haus an der Old Barus Lane geradezu luxuriös und Mary fühlte sich wie im siebten Himmel.

Josef Held versah seinen Dienst in den Nebengebäuden des Senders. Mary kümmerte sich um den Haushalt und bewirtschaftete die kleine Parzelle, die zur Wohnung gehörte.

Mit den übrigen Bewohnern entstand schnell ein sehr gutes nachbarschaftliches Verhältnis und nachdem beide ihre Geschichte aus England erzählt hatten, wunderte sich niemand mehr über den ausländischen Akzent von Mary.

In den Zwanzigern herrschte in der kleinen Enklave eine Atmosphäre des Glücks und Friedens, denn keiner war politisch besonders interessiert oder gar aktiv. Die Wirren der Weimarer Republik wurden zwar über die Medien dieser Zeit registriert, doch niemand nahm dies zum Anlass für politische Agitation.

Probleme gab es lediglich bei der Versorgung mit Lebensmittel. Da aber die Hausbewohner Verbindungen zu örtlichen Bauern aufgebaut hatten, konnten diese Engpässe in der Regel kompensiert werden. Zudem behalf man sich mit der Zucht von Hühnern und Stallhasen, um Abhängigkeiten zu minimieren. Die Früchte des Gartens wurden im Herbst eingekocht, sodass man auch im Winter mit Obst und Gemüse versorgt war.

Rings um das Gelände gab es viel Wald. Die Männer hatten daher an den Wochenenden mit Holz sammeln und einlagern zu tun und ferner gab es, wenn auch in längeren Intervallen, immer noch die Lieferungen aus München.

So lebten alle fünf Familien in einem Refugium mit allen Komponenten, die ein glückliches Leben garantierten: Sicherheit, Zufriedenheit und ausreichende Versorgung mit allen für das Leben wichtigen Gütern.

Es schien, als ob die von Held gepflanzten Kastanienbäume ihre Bestimmung erfüllen würden.

Anfang der dreißiger Jahre verdunkelte sich der Himmel über dem deutschen Reich zusehends und alle Bewohner des Hauses betrachten die politische Entwicklung im Land mit zunehmender Sorge.

Von Anfang an hatten die Nazis nie den wahren Kern ihrer politischen Gesinnung verheimlicht und so konnte jeder halbwegs intelligente Mensch die katastrophale Entwicklung in allen Lebensbereichen erahnen, sollte dies Partei wirklich an die Macht kommen.

Für viele Deutsche war aber der Gedanke von Macht und Wohlstand zu verführerisch, sodass in einer Art Massenhysterie die Anhängerschaft dieser neuen Bewegung schnell wuchs. Zudem steckte den Deutschen noch die Schmach der Versailler Verträge in den Knochen und die von politischer Seite propagierte Dolchstoßlegende.

Die Polizeifunker zeigten sich hiervon nicht beeindruckt und hofften darauf, dass dieser Spuk vorübergehender Natur wäre.

Leider wurden sie enttäuscht und als 1933 die Nazis die Macht im Land übernahmen, dauerte es nicht lange, bis die neuen Herrenmenschen den Sender besuchten.

An einem schönen Tag im Mai kam eine schwarze Limousine angefahren, aus der vier in schwarze Uniformen gekleidete Männer ausstiegen, darunter der „Politische Polizeikommissar" Bayerns, Heinrich Himmler.

Für Held und den anderen Bewohnern war es das erste Mal, dass sie direkt mit der neuen Führung des Landes Kontakt hatten und zunächst war man von dem martialischen Auftreten der Delegation beeindruckt.

Himmler und seine Entourage ließen sich alle Bereiche der Anlage zeigen und erklären und abschließend wanderte man noch das kleine Stück bis zum Funkturm an der Amper. Die schwarzen Männer stellten nur Fragen, sagten aber ansonsten nichts.

Nach etwa einer Stunde brach die Gruppe wieder in Richtung München auf und die schwere Limousine verschwand wie ein böses Omen hinter einer Baumreihe.

Held und seine Kollegen sahen sich lange an. Schließlich sagte Held: Sind das nun unsere neuen Herren gewesen, schwarz gekleidet wie Totengräber ?

Ja meinte Alfred Hirsch, ich fürchte dass dieser Vergleich leider passt.

Ich brauche jetzt ein Bier, sagte Wilhelm, ein weitere Kollege und so begaben sich die Männer in die Gartenlaube vorm Haus, tranken gemeinsam ihr Bier und machten sich das erste Mal ernste Gedanken über die politische Entwicklung.

Da keiner in die Zukunft sehen konnte und man ansonsten diese auch nicht zu schwarz sehen wollte, einigte man sich darauf, dass wohl alles nicht so schlimm kommen würde wie es den Anschein hatte.

In der Folgezeit kehrte wieder Ruhe ein und alle gingen ihren Aufgaben nach. Von den Nazis hatte man auch bis Ende der Dreißiger erst mal Ruhe. Sie hatten keinen Verwendungszweck für die Anlage und so wurde der Sender weiterhin ausschließlich für zivile Zwecke genutzt.

Anfang 1939 änderte sich aber die Lage. Über Funk wurde zunächst angekündigt, dass der kleine Bunker mit den Geräten wieder zu aktivieren sei und zwei Wochen später kamen zwei Männer mit schwarzer Uniform und einer roten Armbinde. Sie verlangten den Verantwortlichen und so musste Alfred Hirsch die neuen Kollegen in die Anlage einweisen und auch den Bunker übergeben.

Ferner legten sie einen Befehl vor, wonach ein Quartier im Haus inklusive Verpflegung einzurichten war. Jeder wusste, dass man an dieser Stelle nicht diskutieren sollte und so erklärte der kinderlose Held sich bereit, einen Raum in seiner Wohnung für die „Neuen" freizumachen.

Wenn dann über den Bunker Funksprüche versendet wurden, musste die zivile Abteilung ihren Betrieb einstellen. Es gab keine festen Zeiten wie vor dem Krieg.

Die Herrenmenschen machten was sie wollten und alle anderen hatten dies zu akzeptieren. An den Lebensmittel bedienten sie sich einfach und auch zu den Grillabenden kamen sie ohne Einladung, um vorzugsweise die Alkoholvorräte zu plündern. Es waren wirklich unangenehme Typen und die Hausgemeinschaft fühlte sich in ihrer Gesellschaft nicht wohl, zumal man andere Ansichten in Bezug auf Anstand und Benehmen hatte.

Ab Juli 1939 wurde der militärische Funkverkehr intensiver und Held und seine Kollegen mussten Überstunden machen, um die verlorene Zeit wieder einzuholen.

An einem der Grillabende Ende Juli erwischte einer der Herrenmenschen, er hieß Heinrich und war Mitte Zwanzig, zu viel Alkohol und fing an zu plappern.

Ich sage euch, es wird nicht mehr lange dauern und dann gibt es einen gewaltigen Rumms. Dann wird eine neue Weltordnung geschaffen und wer sich uns in den Weg stellt, der wird vernichtet. Danach kommen diese verdammten Juden dran. Wir werden die Welt von diesem Ungeziefer befreien.

Sein Kollege Franz, etwas älter und auch vernünftiger, versuchte verzweifelt den schwer alkoholisierten Kollegen zum Schweigen zu bringen.

Doch dieser war nicht zu bremsen.

Nur noch vier Wochen und dann geht es endlich los, lallte Heinrich. Der 1. September wird in die Geschichte eingehen und das Deutsche Reich wird mächtiger als je zuvor !

Heinrich sprang auf, streckte seinen rechten Arm nach vorne und schrie so laut er konnte: Heil Hitler !

Danach viel er rücklings um und schlief sofort ein.

Sein Kollege Franz war sichtlich erleichtert, dass der Suffkopf nicht weitere Geheimnisse ausplaudern konnte. Er hob seinen Kameraden über die Schulter und trug ihn ins Haus.

Danach kam er zu den anderen Männern zurück.

Wenn auch nur einer von euch irgendwo etwas weiterplappert dann sorge ich dafür, dass ihr alle nach Dachau kommt ! Er drehte sich um und stapfte ebenfalls ins Haus. Das einzig Gute war, dass dies der letzte gemeinsame Grillabend mit den Herrenmenschen war.

Von nun an war jeder Kontakt mit der Zivilbevölkerung untersagt und wenn überhaupt, dann redete man nur noch oberflächlich über die Arbeit oder wenn es technische Probleme gab.

Held und sein Kollege Hirsch standen neben Hoffnung und Vernunft, tranken ihr Bier und sagten lange Zeit nichts mehr.

Alfred, weißt du was er mit Dachau gemeint hat, fragte Held.

Hirsch starrte noch weiter auf die beinahe mannshohen Kastanienbäume und war sichtlich geschockt.

Was ich dir jetzt sage musst du unbedingt für dich behalten, sonst bringst du uns alle in große Gefahr.

In Dachau haben die Nazis ein sogenanntes Konzentrationslager gebaut, wo alle missliebigen Bürger umerzogen werden sollen. Das sind im wesentlichen politische Gegner und Menschen mit jüdischer Abstammung und auch ein kleiner Teil echter Verbrecher.

Ein sehr guter Freund von mir, Alois Meier, wurde von einem Nachbarn denunziert und anschließend nach Dachau verschleppt. Sein Verbrechen war, dass er diesen Saukerl verprügelt hatte nachdem dieser immer wieder seine Frau verdroschen hat.

Sein Pech war nur, dass dieser Scheißkerl Verbindungen zum örtlichen Gauleiter hatte und somit für die Einweisung sorgen konnte. Ich weiß nicht, wie es ihm geht und ob er überhaupt noch lebt.

Über verschiedene andere Quellen habe ich erfahren, dass in diesem Lager die Hölle auf Erden herrscht. Hunger und Krankheiten sind dabei noch das geringste Übel.

Die Nazis foltern und töten jeden Tag Gefangene oder zwingen sie solange zu arbeiten, bis die Leute tot umfallen.

Ich habe das von einem anderen Freund erfahren, der zwei Jahr inhaftiert war und das große Glück hatte, wieder entlassen zu werden.

Ich war in der kommunistischen Partei und habe diese nach der Machtübernahme dieser Verbrecher vorsorglich verlassen. Verschiedene Verbindungen zu den alten Kameraden bestehen aber heute noch und so muss ich dich um absolutes Stillschweigen bitten. Sonst bin ich tot, oder meine Kameraden.

Die schrecklichen Verbrechen drangen auch in die abgelegensten Winkel des Reiches und das, obwohl nach dem Krieg keiner etwas gewusst haben will.

Held war sichtlich geschockt. Das soll die neue Weltordnung sein. Verbrechen werden durch eine kranke Ideologie legalisiert und als Herrenmensch kann man totschlagen, wen man will ?

Held setzte sich und trank weiter sein Bier.

Alfred ich schwöre dir absolutes Schweigen. Ich habe das soeben nicht gehört !

Beide setzten sich und tranken solange, bis nichts mehr reinpasste. Es war schon dunkel, als sie endlich ins Haus gingen.

Mary wunderte sich über den Zustand von ihrem Mann und als dieser wieder ansprechbar war, fragte sie nach dem Grund seiner Saufaktion.

Nichts meine liebe Mary, es gab keinen speziellen Grund. Ich und Alfred haben uns verquatscht und dabei ein Bier nach dem anderen getrunken. Sonst nichts.

Mary sah in seinen Augen die Lüge, wollte ihn aber nicht weiter belasten. Sie müssen wohl über schlimme Dinge geredet haben, vielleicht alte Kriegsgeschichten.

Am 1. September wurde die Ankündigung des Herrenmenschen Heinrich umgesetzt und die beiden Nazis stolzierten wie Eroberer über das Gelände. Nun wurde noch viel zackiger mit dem rechten Arm gegrüßt und jedes dritte Wort hieß Führer.

Nach außen hin spielten die Polizeifunker mit, um nicht denunziert werden zu können.

Wenn sie aber unter sich waren, wollten sie mit dieser verrückten Scheinwelt nichts zu tun haben und versuchten soweit möglich wieder Normalität in den Alltag zu bringen.

Das Deutsche Reich befand sich nun wieder im Krieg und die Anlage wurde fast nur noch militärisch genutzt. Dabei kam es jährlich zum Austausch der Nazi-Funkertruppe.

Von Heinrich hatte man gehört, dass er sich schon im Juni 1941 freiwillig dem Russlandfeldzug angeschlossen hatte und mit Feuereifer an der vordersten Front von einem russischen Maschinengewehr in Fetzen gerissen wurde.

Ein Vollidiot weniger sagte Hirsch, als sie per Zufall diese Information bekamen.

Held nickte nur und dachte einen kurzen Moment an den Absturz des Zeppelins. So blöd das klingen mag, aber der Krieg hatte ihm auch persönliches Glück gebracht, denn mit Mary verband ihn nach wie vor eine tiefe Liebe.

In den Kriegsjahren gab es immer mehr Versorgungsprobleme und auch der Lohn wurde unregelmäßig ausbezahlt. Das war einer der Folgen der neuen Weltordnung.

Aber die Hausgemeinschaft hielt eng zusammen und man beschaffte sich immer mehr eigene Lebensmittel. So wurden nun auch Hausschweine gehalten und vor dem Winter geschlachtet oder in der Amper Fische gefangen und Held ging auch in den nahegelegenen Wald auf der Emmeringer Leite, um Pilze zu sammeln.

Eines Tages im Herbst 1944 war Held wieder im Wald unterwegs und plötzlich hörte er in der Ferne Geschrei.

Neugierig ging er in die Richtung des Lärms und als er näher kam, bemerkte er, dass das Geschrei Kommandos waren.

Held wusste instinktiv, dass er nun vorsichtig sein musste und so schlich er sich weiter heran, wie er es in seiner Militärzeit gelernt hatte.

Vor ihm lag eine frisch gerodete Lichtung, auf der Männer mit gestreiften Anzügen arbeiteten und von schwarz gekleideten Typen bewacht und herum gehetzt wurden.

Er konnte ein riesiges rundes Loch erkennen, im Durchmesser etwa acht Meter. Die Bewacher trieben die Arbeiter wie verrückt an und immer wieder fiel einer der Gefangenen erschöpft um.

Dann kam einer der Aufseher und schlug diesen mit einer Reitpeitsche oder trat mit schweren Stiefeln auf ihn ein.

Immer wieder wurden dann leblose Körper von anderen Gefangenen weggetragen. Vermutlich waren die armen Kerle gestorben. Den Herrenmenschen war das komplett egal. Sie hatten wohl einen Auftrag zu erfüllen und da waren Menschenleben nichts wert.

Einer der Aufseher war nur am Brüllen und im Umgang mit den Gefangenen noch brutaler als die Anderen. Das erregte die Aufmerksamkeit von Held und er schlich sich noch ein Stück näher heran.

Irgendwie kam ihm das Gesicht bekannt vor und auch die Brutalität. Zunächst konnte Held diesen Mann nicht einordnen und fing daher an, tief in seinem Gedächtnis zu kramen.

Roos sagte er leise und fühlte wie sich der Schatten des Todes über ihn ausbreitete.

Die Gedanken versetzten ihn in voller Härte in den Bombentrichter bei Verdun.

Die Killermaschine Roos stand breitbeinig vor ihm und grinste. Dahinter lagen die getöteten französischen Soldaten. Nun hatte dieser Wahnsinnige bei den Nazis Karriere gemacht und tat das was er am besten konnte: foltern und töten.

In den nächsten Tagen konnte Held kaum etwas sagen und saß zuweilen apathisch in der Gegend herum. Er beschloss aber, der Sache auf den Grund zu gehen und schlich sich trotz der Lebensgefahr immer wieder zu dieser Stelle im Wald.

Im Laufe der Zeit entstand ein etwa zehn Meter tiefes Loch und danach wurden die Wände und der Boden bewehrt, eingeschalt und mit Beton ausgegossen.Im März 1945 kam auf den konisch konstruierten Betondeckel ein tonnenschwerer Deckel aus Eisen, der sich auf eingelassene Schiene zur Seite fahren ließ.

Im Inneren war eine höhenverschiebbare Lafette mit einem perforierten Metallboden eingebaut worden.

Von diesem Silo wurde noch ein Graben in Richtung der nahegelegene Ziegelei gebaut und darin ein dickes Elektrokabel verlegt.

Held konnte sich nicht einmal im Ansatz vorstellen, was hier gebaut wurde. Er ahnte aber, dass es wirklich gefährlich sein musste, da nach allen Seiten die Baustelle abgeschirmt und streng bewacht wurde.

Plötzlich kamen zwei Wachleute rauchend näher und Held rollte sich seitwärts ins Unterholz.

Wann kommt denn der Friedensgruß an unsere englischen Freunde fragte der hagere SS-Mann. In drei Tagen antwortete der Andere, aber Nachts wegen der Flieger.

Was schicken wir denn diesen verdammten Scheißkerlen ?

Was das genau ist kann ich dir nicht sagen. Ich weiß nur was von Milzbranderregern, also eine biologische Waffe.

Und wann ist das Ding einsatzbereit ?

Ich schätze Mitte April, es wird langsam höchste Eisenbahn, sonst ist der Endsieg gefährdet.

Die SS-Männer drehten wieder ab und gingen plaudernd zur Baustelle zurück.

Held zog sich zurück und kam drei Tage später in der Nacht wieder zurück.

Er sah die Baustelle schon von weitem, da diese mit Scheinwerfern ausgeleuchtet wurde. Über das ganze waren Tarnnetze gespannt, damit man die Sicht von oben möglichst verhindern konnte.

Oberhalb des Silos stand ein LKW mit Tieflader und daneben ein fahrbarer Kran.

Und da sah er sie zum ersten Mal, das Wunder der damaligen Militärtechnik – eine schwarz-weiße V2-Rakete, allerdings ohne Spitze.

Diese Spitze wurde von den Militärs Gefechtskopf genannt und diese sollte Mitte April samt den todbringenden Milzbranderregern montiert werden.

Held kam aus dem Staunen nicht mehr heraus. So etwas hatte er noch nie gesehen und es war auch nicht vergleichbar mit der Spitzentechnologie seiner Militärzeit.

Das hatte er den Nazis, die er bisher als hirnlose Totschläger erlebt hatte, nicht zugetraut.

Held blieb solange, bis die Rakete vollständig im Silo verschwunden war und schlich sich dann von der Baustelle weg.

Das muss ich Alfred erzählen, schoss es ihn in den Kopf.

Er konnte nicht ahnen, dass er in wenigen Tagen in Lebensgefahr geraten sollte.

Kapitel - 16
Wahnsinn bis zum Ende

Der Untergang war nun auch im Lager Dachau erkennbar. Große Teile der Wachmannschaft hatten sich bereits abgesetzt und ein Häftlingskomitee bemühte sich in Verhandlungen mit den Nazis um einen geordneten Ablauf für die bevorstehende Befreiung.

Als Roos am Samstag, den 28. April 1945 in das Lager kam, befand sich dieses in einem erbärmlichen Zustand. Eine Fleck-fieber-Epidemie hatte in den Reihen der Gefangenen ebenso für eine exponentiell steigende Sterbensrate gesorgt wie die zu-sammengebrochene Versorgung mit Lebensmittel und die wei-terhin grausame Behandlung durch die Wachmannschaften.

Selbst in der Hölle durfte es keine vergleichbaren Zustände gegeben haben.

In der Nacht zuvor war ein Todeszug aus Buchenwald mit etwa 2.300 Leichen und Sterbenden angekommen und in den Wochen davor wurden sogenannte Evakuierungsmärsche mit Tausenden unglücklicher Seelen in Richtung der Berge gestar-tet, um Arbeitskräfte für die Alpenfestung zu generieren, ob-wohl eine solche Festung lediglich in den Köpfen der bereits geistig stark degenerierten Nazis existierte.

Roos war an seinem freien Tag im Lager erschienen, weil es vom Reichsicherheitshauptamt einen Sonderbefehl gab, den er umsetzen sollte.

Daher ging er zielstrebig zur Kommandantur, um den letzten Kommandanten des Lagers Dachau zu sprechen.

Heinrich Wicker war ein glühender Nazi und charakterlich unterschieden sich die Beiden nicht im Geringsten. Je mehr Leichen, desto besser für die eigene Reputation und eine Kapitulation kam unter gar keinen Umständen in Frage.

In knappen Worten überbrachte Wicker den Befehl.

Roos, das Deutsche Reich liegt nun in ihren Händen, begann er ganz pathetisch seine kurze Ansprache. Wir müssen unter allen Umständen die Rakete zünden, die unweit von hier auf ihren Einsatz wartet.

Leider hat sich diese feige und hinterhältige Bodenmannschaft abgesetzt und so müssen sie diese Aufgabe übernehmen.

Da Sie beim Bau der Anlage dabei waren, dürfte es kein Problem für Sie sein, den Start der Rakete und damit die Vernichtung unserer Feinde zu bewerkstelligen. Zur technischen Unterstützung holen Sie sich bei dem nahegelegenen Polizeisender einen dieser Funker und wenn nötig, dann töten Sie diese Leute, bis einer bereit ist für den Einsatz !

Der Führer wird ihnen persönlich danken, wenn alles klappt! Am Ende des Zuges finden Sie einen noch intakten Kübelwagen. Heil Hitler.

Wicker schlug die Hacken so fest zusammen, dass er anschließend einen geschwollenen Knöchel hatte. Das war aber egal, würde er doch wahrscheinlich als Retter des Deutschen Reiches in die Geschichte eingehen.

Roos salutierte ebenfalls und rannte raus. Vor der Abfahrt wollte er noch einen Blick auf den Todeszug werfen.

Auf dem Weg zum Zug dachte er noch über seine private Entwicklung nach. Im Sommer 1944 hatte er bei einem Kameradschaftstreffen Hilde kennengelernt.

Bis dahin hatte er nie über eine feste Verbindung oder gar eine Ehe nachgedacht. Seine Bedürfnisse hatte er stets in den zahlreich vorhandenen Bordellen befriedigt und ferner war ihm seine Arbeit immer wichtiger gewesen.

Hilde aber konnte seine Aufmerksamkeit gewinnen und so kam man sich näher.

Äußerlich war Hilde völlig unscheinbar und durchschnittlich. Weder hässlich noch attraktiv und eher verschlossen. Er konnte sich auch nicht erklären, was ihn zu ihr hinzog, aber als Hilde ihm ihre Schwangerschaft beichtete, musste ein SS-Ehrenmann natürlich handeln und so kam es Ende 1944 zur Hochzeit.

In letzter Zeit dachte Roos immer öfter über den eigenen Tod nach. Eine Vorahnung hatte er in dem Sinn nicht, nur die Träume verstärkten den Verdacht, dass es nicht mehr lange dauern könnte.

Immer wieder sah er Nacht für Nacht die Gesichter seiner Opfer und dann wachte er schweißgebadet auf.

Für ihn war das ein widerliches Zeichen der Schwäche; Hilde dagegen litt unter diesen Träumen und nahm ihn stets in die Arme, um ihn wieder zu beruhigen.

An diesem Morgen gab er Hilde eine Handskizze von der Raketenanlage und nahm ihr das Versprechen ab, diese mit allergrößter Sorgfalt und Geheimhaltung zu verwahren.

So marschierte er gedankenversunken am Todeszug vorbei, sah weder die vielen Leichen noch hörte er das Stöhnen der Sterbenden.

Ein amerikanischer Jeep kam aus südlicher Richtung an das KZ herangefahren. Der Fahrer lenkte den Jeep hinter eine Holzscheune und zwei Männer stiegen aus.

Rick Carter und Jason Freer waren kampferprobte Haudegen.

Nach der Ausbildung bei den Marines wurden sie zunächst im Pazifik im Kampf gegen die Japaner eingesetzt. Im Juni 1944 waren sie bei der Landung in der Normandie dabei gewesen und kämpfend bis an die Grenze des Deutschen Reiches gelangt.

Sowohl im Pazifik als auch im Sturm gegen die Faschisten in Frankreich wurden beide immer wieder in Sonderkommandos eingesetzt und hatten stets Erfolg dabei.

So sollten sie heute, einen Tag vor der geplanten Eroberung des Lagers, die Lage erkunden.

Freer blieb mit seinem transportablen Funkgerät hinter dem Zaun und stellte eine Verbindung zu seiner Einheit her.

Carter schlich sich an das Lager heran und entdeckte ein Loch im Zaun, das wohl von bereits geflohenen Häftlingen hinterlassen worden war und betrat das Lagergelände. Dann rannte er Deckung suchend zu einem Zug und ging hinter diesem entlang.

Als er die grausige Fracht sah wurde ihm übel. In seiner Soldatenlaufbahn hatte er bereits viele Tote gesehen. Aber das hier war neu und völlig unerklärbar.

Dieser Zug drückte in erschreckender Weise die Menschenverachtung des Systems aus, das er und seine Kameraden vernichten wollten.

Man hatte schon viel über die Verfolgung der Juden und der Regimegegner und auch über diese Konzentrationslager gehört. Es war aber etwas anderes, das Ganze mit eigenen Augen zu sehen und Carter spürte eine enorme Wut und den Drang, gerade hier keine Gefangenen zu machen.

Nach der Eroberung ging es vielen Kameraden von Ihm ebenso und daher kam es zu dem Massaker von Dachau, welches einem großen Teil der deutschen Wachmannschaft das Leben kostete.

Am Ende des Zuges sollte er einem Feind direkt gegenüberstehen. Ein Nazi, wie man ihn sich idealerweise vorstellte.

Groß, glatzköpfig und in schwarzer SS-Uniform, darüber ein schwarzer Ledermantel, so begegneten sich der Deutsche und der Amerikaner.

Hand's up you bloody Bastard schrie Carter und zielte mit seinem Karabiner auf Roos. Dieser erschrak sichtlich, war er doch im Moment ganz weit weg, versunken in Gedanken, die so gar nicht zu diesem Zeitpunkt passten.

Roos blieb stehen und hob langsam die Arme. Dabei blickte er Carter ohne Angst direkt in die Augen. Scheiss drauf, das wars, waren seine ersten Gedanken. Dann besann er sich aber auf den Befehl und die Rettung des Reiches.

Verschlagen wie Roos nun mal war machte er eine kleine Bewegung mit dem Kopf und den Augen und suggerierte Carter damit, dass er ein Zeichen an einen hinter dem Amerikaner stehenden Kameraden gab.

Carter war für einen winzigen Moment irritiert und drehte seinen Kopf kurz zur Seite. Das war nun der Moment für Roos. Trotz seiner achtundvierzig Jahre war er immer noch schnell und beweglich.

Mit einem gewaltigen Satz sprang er nach vorne und riss Carter den Karabiner aus den Händen. In weniger als zwei Sekunden nach dem Sprung fiel Carter tot zu Boden, als ihn der Gewehrkolben mit voller Wucht traf und sein Gesicht zu Brei wurde.

Roos hatte auch Freer in seinen Augenwinkeln erfasst und nun machten sich die ständigen Schießübungen bezahlt.

Bevor der Feind die Lage so richtig erkennen konnte, hatte Roos das Gewehr schon im Anschlag und erschoss den zweiten Eindringling auf eine Distanz von etwa 200 Meter.

Danach ging er in Richtung des Zaunes, um den Kübelwagen zu holen. Roos war so fokussiert auf den am Zaun liegenden Amerikaner, dass er die vielen Toten des Zuges nicht mehr wahr nahm.

Er stieg durch das Loch, vergewisserte sich dass der Feind tot war und trat mit seinen Stiefeln so lange auf das Funkgerät ein, bis es keinen Laut mehr von sich gab.

Der Kübelwagen hatte vier platte Reifen und war daher unbrauchbar. Hinter einer Scheune sah Roos die Motorhaube des Jeeps und so konnte er doch noch die Fahrt nach Emmering starten.

Held war an diesem sonnigen Samstagnachmittag im Garten und pflanzte zusammen mit seiner Frau Mary Kartoffeln. Zum Kriegsende hin war die Versorgungslage deutlich schlechter geworden und die Transporte aus München wurden seltener.

So rückte die Gartenarbeit immer mehr in den Vordergrund und ferner hatte man sich auch Kleinvieh wie Hühner und Stallhasen zur Eigenversorgung angeschafft.

Die Arbeit im Sender war seit November 1944 nach einem Luftangriff nicht mehr möglich. Die Funktürme waren nach dem Bombardement so zerstört, dass ein Betrieb nicht fortgesetzt werden konnte. Der große Funkturm an der Amper war sogar umgefallen und lag nun quer über dem Fluss.

Nun konzentrierte man sich im Sender auf das eigene Überleben und hoffte auf ein baldiges Kriegsende.

Plötzlich hörte Held ein Motorengeräusch und sah einen feindlichen Jeep am Holzzaun des Gartens entlang fahren. Es stieg aber kein Amerikaner aus, sondern ein schwarz gekleideter Nazi, der zielstrebig auf ihn zukam.

Ich komme vom Reichsicherheitshauptamt und brauche dringend einen Funker, log Roos.

Held wollte zuerst seine Profession leugnen, erkannte aber instinktiv, dass er und seine Frau sich bereits in Lebensgefahr befanden. Dieser Typ, den er schon lange kannte, würde sofort töten, um an sein Ziel zu kommen und so sagte Held, dass er mitkommen würde.

Seine Hoffnung, Mary könnte verschont bleiben, wurde sofort von Roos ,zerstört. Dieser hatte bereits seine Pistole gezogen und befahl beide in den Jeep.

Held saß am Steuer und wurde von Roos zu der Ziegelei in der Emmeringer Leite dirigiert.

Das Tonwerk war durch einen Luftangriff teilweise zerstört, aber der Zugang zur Feuerleitstelle war frei und so betraten alle den unterirdischen Bunker.

In einem Nebenraum befand sich ein Notstromaggregat. Roos zwang Held mit vorgehaltener Waffe, das Aggregat in Betrieb zu nehmen und dann ging in dem etwa 20 Quadratmeter großen Raum das Licht an.

Held sah mehrere schwarze Apparate, die zumindest optisch seinen Arbeitsgeräten ähnelten. Auf einen der Apparate lag eine Art Bedienungsanleitung, die er Roos aushändigen musste.

Los schalte die Apparate an schrie Roos und Held machte sich an die Arbeit. Durch den Raum zog ein eiskalter Hauch des Todes. Held und Mary wussten, dass sie sofort sterben würden, sobald die Anlage lief.

Hinter einer der Apparaturen entdeckte Held ein eisernes Brecheisen und fasste einen Entschluss. Er und seine Frau sollten weder für diese irrwitzige Aktion sterben noch für diesen völlig verblendeten Nazi.

Er drehte sich zu Roos und sagte ohne Angst: Was willst du tun, wenn ich hier nicht weiter mache du scheiss Nazi ?

Er traf Roos an seinem wunden Punkt. Mit Widerspruch und sogar Beleidigungen konnte er überhaupt nicht umgehen und so dampfte er nun vor Wut. Völlig außer sich packte er Mary und zog sie an sich ran.

Dann hielt er seine Pistole an ihren Kopf und schrie: Mach weiter du Idiot, sonst stirbt deine Frau!

Es war ein gefährliches Spiel, aber in dieser Situation die einzige Chance.

Held gab seiner Frau unbemerkt ein kleines Zeichen mit seinen Augen und Mary verstand. Sie drehte sich ein wenig aus der Umklammerung und schlug mit ihrer rechten Faust nach hinten in die Genitalgegend ihres Peinigers.

Dieser zuckte vor Schmerz zusammen, ließ die Pistole fallen und lockerte etwas den Griff, sodass Mary sich aus der Klammer befreien und zur Seite springen konnte. In diesem kleinen Moment griff Held nach dem Brecheisen, machte einen Satz nach vorn und schlug zu.

Roos jedoch konnte seinen Kopf noch rechtzeitig wegziehen und daher traf ihn das Brecheisen mit voller Wucht auf der linken Schulter.

Er ging leicht in die Knie und inzwischen hatte sich Held auf den Boden geworfen, um sich die Pistole zu holen.

Nach kurzer Benommenheit warf sich Roos auf ihn und würgte Held mit seiner rechten Pranke.

Held war sofort benommen und wusste, dass er nicht viel Zeit haben würde. Mit letzter Kraft kickte er die Pistole in Richtung seiner Frau, bevor er das Bewusstsein verlor.

Mary schnellte aus der Ecke hervor, nahm die Pistole und drückte viermal ab. Drei Kugeln schlugen in das breite Kreuz des Nazis ein. Die vierte erwischte ihn am unteren Ende des Genicks und so fiel Roos tot in sich zusammen.

Held kam wieder zu sich und rollte den Verblichenen von sich runter, stand auf und nahm seine Mary fest in die Arme. Es war wie eine Wiedergeburt. Nicht nur deswegen, weil der Angreifer nun tot war. Sie fühlten instinktiv, dass das Kriegsende bevorstand und man in ein neues Leben starten konnte.

Held schaltete alles wieder aus, riss alle Kabel aus den Geräten und schlug mit dem Brecheisen auf die Apparate ein.

Beide verließen den Ort mit der Leiche und Held fand auch auf dem Gelände einen Spaten, mit dem er den Zugang zum Bunker zuschaufeln konnte. Anschließend fuhren sie noch zum Raketensilo.

Erleichtert konnten sie feststellen, dass das Silo immer noch verschlossen war und auch hier begrub Held die noch sichtbaren Teile unter einer Decke aus Erde. Sie versteckten den Jeep abseits der Anlage im Wald und gingen zu Fuß nach Hause.

Wenige Tage später besetzten GI's den Sender und der Krieg war nun endgültig vorbei.

Kapitel - 17
Nachkriegszeit

Im Mai 1945 wurde endlich der Frieden in Europa besiegelt und die Menschen konnten aufatmen. In dem kleinen Refugium an der Amper waren alle Bewohner erleichtert, obwohl ihnen bewusst war, dass nun schwere Zeiten folgen würden.

Von der vor wenigen Tagen erfolgten Kapitulation erfuhren die Polzeifunker von einem Bauern, der Kartoffeln brachte.

Josef und Mary waren gerade bei der Gartenarbeit und umarmten sich vor Freude.

Wir werden das schaffen, so wie damals in England, sagte Josef und gab seiner Mary einen Kuss. Diese wischte sich die Tränen aus den Augen und nahm den Spaten in die Hand.

Na worauf wartest du meinte sie zu Held, dann lass uns weiter den Garten umgraben.

Die nächsten Jahre waren geprägt von Verzicht und teilweise auch Hunger. Aus München kamen keine Transporte mehr. Zum Kleinvieh hatten sich die Bewohner noch mehrere Schweine angeschafft, die man vor dem Winter schlachtete.

Brennholz gab es genug in der Gegend und im Sommer versorgte man sich mit in der Amper geangelten Fischen.

Obwohl Held schon Mitte Fünfzig alt war, arbeitete er sooft es ging bei den lokalen Bauern für Naturalien. Auch das half, die schwere Zeit zu überstehen.

Nach der Währungsreform zahlte der Bayerische Staat jedem Beamten ein bescheidenes Gehalt und Mitte der 1950er Jahre bekam Held eine Pension und lebenslanges Wohnrecht im Sender.

Ab 1963 waren die Helds alleine im Gebäude. Sein Freund Hirsch war im Vorjahr gestorben und kurz danach seine Frau. Die anderen hatten nach und nach den Sender verlassen, um ihr Glück im Wirtschaftswunder zu machen.

Josef und Mary machte die Einsamkeit nichts aus. Sie fühlten sich aufs engste mit diesem Ort verbunden und Held sah mit großer Freude, dass seine Kastanienbäume zu wuchtigen Exemplaren gewachsen waren.

Im Sommer fuhr eine Limousine vor und zwei Männer stiegen aus dem Fahrzeug. Held war gerade wieder im Garten beschäftigt und ging auf den vor dem Haus geparkten Wagen zu.

Grüß Gott, kann ich ihnen helfen ? fragte er.

Grüß Gott sagte der stämmigere von den Beiden, mein Name ist Rudolf Zeller und das hier ist mein Büroleiter, Herr Reichgruber. Dieser nahm seinen Hut ab und verbeugte sich leicht.

Ich habe das Gelände gekauft und kommendes Jahr werden wird hier mein Unternehmen auf dem Gelände errichten. Wir bauen Abwasserkanäle und ferner fertigen wir Betonfertigteile für den Kanalbau.

Held wusste im ersten Moment nicht, ob er sich freuen oder ärgern sollte. Das Leben hier lief in geordneten Bahnen und er und seine Frau waren glücklich damit. Andererseits konnte es nicht schaden, wenn wieder etwas Leben in die Bude kam.

Herr Held, fuhr Zeller fort, für Sie wird sich nichts ändern.

Ich weiß von dem lebenslangen Wohnrecht und respektiere das. Können wir uns das Haus mal anschauen? Held nickte und sie gingen in den Sender.

Zuerst gingen sie in die ehemaligen Funkräume im Nebentrakt, die komplette leer standen, da die Amerikaner nach dem Krieg die gesamte Technik mitgenommen hatten.

Das ist gut, sagte Zeller, hier werden wir unsere Büroräume einrichten.

Im Raum gegenüber sollten die Führungskräfte der Firma untergebracht werden.

Danach stiegen sie die Treppe hinauf, um eine der Wohnungen zu inspizieren.

Zeller und sein Begleiter waren erstaunt über die komfortable Ausstattung, da ihnen das Alter dieser Anlage bewusst war.

Die vier Wohnungen in den Obergeschossen werden wir den Arbeitern mit Familien zur Verfügung stellen, meinte Zeller und Reichgruber nickte kurz.

Wir werden sie rechtzeitig informieren, bevor die Arbeiten beginnen und meine Leute einziehen. Schönen Tag noch und bald darauf verließ die schwere Limousine den Sender.

Josef und Mary saßen an diesem Abend noch lange in ihrer Laube vor den Kastanienbäumen und redeten kaum. Schließlich meinte Mary dass man die Dinge so akzeptieren sollte wie sie sind und sie gingen in ihre Wohnung.

Im nächsten Jahr rückten dann Baumaschinen an und das Gelände seitlich des Hauses wurde planiert. Etwas abseits entstand eine große Halle, das Betonwerk und vor dem Haus wurde eine Lagerfläche gebaut.

Wenige Monate später wurde alles in Betrieb genommen und verschiedene Familien zogen in das Haus ein.

Nun war wieder Leben im Sender. Das Betonwerk produzierte mit großem Lärm die Fertigteile und hinter dem Haus rannten Kinder lautstark durch die Gegend. Es war vorbei mit der geliebten Ruhe und so dauerte es nicht lange, bis es zwischen Held und den neuen Bewohnern vor allem wegen der Kinder zu Konflikten kam.

Im Laufe der Zeit beruhigte sich aber die Lage und man ging wieder etwas aufeinander zu.

Im ersten Obergeschoss war die Familie Huth eingezogen. Der Mann arbeitete bei der Firma und seine Frau versorgte den Haushalt und drei immer lebhafte Buben. Held vermied den Umgang mit den Kindern.

Drei Jahre später allerdings kam es zu einer zufälligen Begegnung mit dem Ältesten der Buben.

Ferdinand Huth war acht Jahre alt und stand verbotenerweise vor Helds Laube und bewunderte die riesigen Kastanienbäume.

Zuerst wollte Josef ihn verscheuchen, als er aber das große Interesse vernahm, wurde er freundlicher.

Na Kleiner, was glaubst du wie alt die Bäume sind ? fragte er.

Das Kind erschrak und wollte zuerst flüchten.

Ich, ich, keine Ahnung stammelte er.

Ich habe sie gepflanzt, als ich noch sehr jung war. Vor etwa fünfzig Jahren meinte Josef und da waren es nur zwei kleine Kastanienfrüchte. Der Junge war erstaunt und so kam man ins Gespräch. Das Eis war gebrochen.

In der Folgezeit traf man sich öfter und Held erzählte aus seinem Leben, bis auf die schrecklichen Kriegserlebnisse.

Ein weiterer Bewohner hatte sich mit den Helds angefreundet und man trank ab und zu gemeinsam ein Feierabendbier.

Christian Braun hatte für Held eine interessante Vita. Mit vierzehn Jahren war Braun Mitte der 1950er – Jahre aus Dresden mit dem Fahrrad geflüchtet und bis nach Marseille geradelt. Für diese Zeit war das eine besondere Leistung.

Dort hielt er sich mit kleinen Diebstählen und Gelegenheitsjobs über Wasser. Unter anderem stahl er Backwaren und Brote aus den Körben, die von den Bewohnern aus den oberen Stockwerken mit Seilen herab gelassen und in der Früh von Bäckerjungen mit den Bestellungen gefüllt wurden.

Mit etwa siebzehn Jahren wurde er von einem Gendarmen dabei erwischt und zur Wache gebracht. Dort stellte man ihn vor die Wahl. Entweder Gefängnis oder Fremdenlegion. Naiv wie er eben in diesem Alter war glaubte er in der Legion das geringere Übel zu finden und nach kurzer Ausbildung wurde er im Algerienkrieg eingesetzt.

Dort musste er mit ansehen, wie Kameraden im Gefecht fielen oder bei Bombenexplosionen in Soldatenkneipen zerfetzt wurden.

Kurz vor Ende des Krieges floh er mit mehreren Kameraden in einem gekaperten Boot über das Mittelmeer bis nach Italien. Nach kurzer Haft wurden alle in die Bundesrepublik abgeschoben und danach kam er zur Firma Zeller und gründete eine Familie.

Josef und Christian saßen oft zusammen und erzählten sich ihre Kriegserlebnisse, bis auf ein Geheimnis. Die Sache mit dem irren Nazi und der Raketenanlage behielt Josef für sich.

Im Jahre der Fußballweltmeisterschaft 1974 verließ die Familie Huth den Sender. Man hatte sich eine Eigentumswohnung in Emmering gekauft und sich damit einen langgehegten Traum erfüllt.

Wenige Tage vor dem Umzug saß Held wie so oft in seiner Laube und plötzlich stand Ferdinand, mittlerweile fünfzehn Jahr alt, hinter ihm.

Herr Held ich wollte mich nur verabschieden. Wir ziehen bald weg von hier sagte der junge Mann. Held machte eine Handbewegung und Ferdinand setzte sich neben ihn auf die Bank.

Held war nun vierundachtzig Jahre alt und in den letzten Monaten spürte er, wie sein Lebenslicht langsam schwächer wurde. Oft träumte er in seiner Laube vor sich hin und dachte an sein bewegtes Leben. Er war auch unendlich dankbar dafür, dass er Mary kennenlernen durfte.

Dem Abschied nahe plauderte er nun doch über seine Vergangenheit und der Junge hörte aufmerksam zu. Nur die Sache mit der Rakete verschwieg er.

Dann ging er ins Haus und kam kurz danach wieder zurück. In der Hand hielt er einen Bilderrahmen mit einem Foto von dem Funkturm, der an der Amper einmal gestanden hatte.

Das mein Junge möchte ich dir schenken und pass gut darauf auf. Es ist das letzte Foto vom Turm. Er war mal über hundert Meter hoch und zu meiner Zeit eine Sensation.

Ferdinand erfasste trotz seiner Jugend die große Bedeutung des Geschenks und hütete sein Leben lang das Foto wie einen Schatz. An eines dachte Held in diesem Moment nicht mehr.

Er vergaß die Handskizze, die er vor Jahren angefertigt und zwischen Foto und Deckel versteckt hatte.

Wenige Monate nach dem Auszug verstarb Held kurz vor seinem fünfundachtzigsten Geburtstag. Seine Frau Mary folgte zwei Jahre später.

Kapitel - 18
Saat des Bösen

Die ersten Jahre nach dem Krieg gerieten für Hilde und ihr Baby zu einem einzigen Überlebenskampf. Hilde schlug sich mit allen möglichen Arbeiten durch, nur um etwas Essen für sich und den kleinen Werner zu bekommen.

Meist waren es körperlich schwere Arbeiten oder sie bettelte oder ging zu einer Suppenküche. Das Baby nahm sie entweder mit oder brachte es bei Verwandten unter. Aber sie schaffte die schwere Zeit und Anfang der 1950 – Jahre wurde es langsam leichter, weil sie nun feste Jobs fand und auch die Wohnsituation sich verbessert hatte.

Sie hatte mit viel Glück eine kleine Zweizimmerwohnung in München gefunden und die Hauseigentümer, ein älteres Ehepaar, kümmerten sich bei Bedarf auch um den kleinen Jungen.

Hilde spürte früh, dass mit Werner etwas nicht stimmte. Sein Verhalten war sehr destruktiv. Er schrie sehr viel und ließ auch niemand an sich heran. Selbst seine Mutter durfte ihm keine Zärtlichkeiten geben.

Er spielte auch nicht mit anderen Kindern. Alles was er in die Finger bekam machte er einfach kaputt.

So war es nicht verwunderlich, dass es schon in der Schule immer wieder zu Problemen kam. Die Prügelstrafe war derzeit noch eine anerkannte pädagogische Maßnahme und wurde insbesondere bei Werner intensiv umgesetzt.

Am meisten hatte sich der Deutschlehrer Gerstberger mit dieser Erziehungsmethode angefreundet. Diesen bereitete es sichtlich großes Vergnügen, die kleinen Buben nach vorne in die erste Schulbank zu zerren, um sie dann mit einem Rohrstock auf den entblößten Hintern zu züchtigen.

Sein Hauptklient war Werner, den er beinahe jeden Tag „behandelte". Nach einiger Zeit weinte oder schrie Werner nicht mehr und ertrug einfach die Schmerzen. Auch das war ziemlich ungewöhnlich.

Dies ging etwa bis zum vierzehnten Lebensjahr, dann hörte Gerstberger damit auf.

Nicht weil er von seiner Erziehungsmethode nicht mehr überzeugt gewesen wäre. Es lag vielmehr daran, dass Werner gewachsen und mindestens einen Kopf größer und eine halbe Schulter breiter war als sein Peiniger.

Gerstberger hatte einfach Angst vor Werner, wenn dieser sich bedrohlich vor ihm aufbaute und ihn mit seinen Blicken tötete.

Doch eines Tages vergaß der Lehrer jede Vorsicht, weil Werner etwas Hundekot in seine Aktentasche geschmiert hatte und rannte mit dem Rohrstock auf den Schüler los.

Werner schlug zu, immer und immer wieder, bis er von mehreren Klassenkameraden von dem inzwischen besinnungslosen und blutverschmierten Gerstberger weggezogen wurde.

Die Polizei holte ihn ab und verbrachte ihn direkt in ein Heim für schwer erziehbare Kinder und Hilde konnte nichts dagegen tun. Aber damit kehrte auch bei Hilde endlich Ruhe ein und irgendwie war sie nicht wirklich gegen diese Maßnahme eingestellt, denn sie hatte schon lange keinen Einfluss mehr auf den Jungen.

In den Heimjahren optimierte Werner nicht nur seine körperliche Härte sondern auch diverse Charakterzüge. Er lernte sich so zu verhalten, wie andere es vorgaben und schulte damit seine Verschlagenheit. Daher war die eher positive Sozialprognose nicht verwunderlich, die er bei der Entlassung mit etwa zwanzig Jahren bekam.

Werner dachte aber nicht daran, diese Prognose zu erfüllen.

Er hielt sich lieber mit Betrugsdelikten, Diebstählen und Einbrüchen über Wasser. Als der Fahndungsdruck zu stark wurde und aufgrund mehrerer Anzeigen ein Gerichtstermin bevorstand, packte er seine wenigen Sachen und fuhr nach Castelnaudary, um in die Fremdenlegion einzutreten.

Nach der allgemeinen Ausbildung wurde er aufgrund seiner außerordentlichen Fähigkeiten in speziellen Nahkampf- und Überlebenstechniken ausgebildet und anschließend einem Spezialkommando überstellt, welches in verschiedenen afrikanischen Ländern operierte.

Diese Kommandos bestanden meist aus zwei Söldnern und hatten die Aufgabe im Feindesland ausgesuchte Rebellen zu töten. Dabei operierten sie völlig unabhängig über mehrere Monate und der Tod kam lautlos und meistens nachts mit Drahtschlingen, Messern oder Genickbruch.

Für Roos waren diese Einsätze geradezu ideal. Konnte er doch seine kranke Psyche in voller Bandbreite ausleben, ohne dafür belangt zu werden.

Nach zehn Jahren kehrte Werner der Legion den Rücken und kam nach Deutschland, inzwischen Mitte Dreißig, zurück. Im Koffer waren wenige Erinnerungen an die Zeit in der Legion. Nur ein paar Fotos wo er mit nacktem Oberkörper in der linken Hand eine Machete und in der rechten einen abgeschlagenen Rebellenkopf hielt.

Die Absicht ein geordnetes Leben zu führen war allerdings schwer umzusetzen. Nach jeweils kurzer Zeit verlor er seine Arbeitsstellen, weil er sich nicht anpassen konnte und den Kollegen gegenüber zu aggressiv war.

Einen Job als Türsteher in einer Diskothek verlor er schon am ersten Arbeitstag. Als er zwei Typen beobachtete die aneinander geraten waren, griff er auf seine Art ein.

Er packte beide an den Jacken, zog sie mittels seiner animalischen Kräfte nach oben und stieß die Köpfe mit einer Wucht aneinander, dass beide schwer verletzt ins Krankenhaus mussten. Danach durfte er sofort nach Hause.

Während seiner Arbeitslosigkeit lernte er Sabine kennen. Charakterlich gesehen war sie nicht weit entfernt von ihm. Sabine war extrem arbeitsscheu und nutzte jede Beziehung auf materieller Basis zu ihren Gunsten aus.

Wenn dann nichts mehr da war, ging sie die nächste Beziehung ein.

Bei Werner war sie in den ersten Monaten jedoch vorsichtig. Einerseits war sie fasziniert von Werners Rohheit und seinen Geschichten von der Legion. Auch der mit Tätowierungen und Narben übersäte muskulöse Oberkörper hatte ihr es angetan.

Doch andrerseits fürchtete sie sich vor Rache, wenn sie ihn betrügen sollte.

Aber nach wenigen Monaten bescheidenen Lebens kam in ihr wieder die Gier zum Vorschein und so überredete sie den arbeitslosen Freund, eine Bank zu überfallen.

Nach kurzem Zögern setzte Werner diesen Wunsch um, hatte Sabine in letzter Zeit öfter eine Trennung angedroht und das wollte er keinesfalls. Er hatte sich über beide Ohren in Sabine verliebt. Ein Gefühl, das er bis dahin nicht kannte.

Der erste Raub brachte etwa 10.000,00 DM ein und verschaffte für wenige Monate ein sorgenfreies Leben. Als das Geld weg war und damit ein bescheidener Wohlstand, drängte Sabine ihn wieder zu einem Überfall.

Dieser brachte wesentlich weniger Geld ein und Werner war nicht begeistert davon, dass der Großteil des Geldes wieder von Sabine für nutzlose Sachen ausgegeben werden sollte.

So gab er Sabine nur eine kleine Summe und diese rannte enttäuscht zur Polizei, um ihn anzuzeigen. Kurz darauf klickten die Handschellen und er kam für acht Jahre hinter Gitter.

Wenige Wochen nach der Einlieferung suchte er sich drei der kräftigsten Mithäftlinge aus und prügelte sie krankenhausreif. Damit war die Hackordnung geklärt und Werner hatte bis zu seiner Entlassung keine Probleme im Knast.

Nach etwa fünf Jahren wurde ein Mann eingeliefert, der Werners Interesse weckte. Kurt Scholz hatte ähnliche Charakterzüge und löste seine Probleme immer auf rein physischer Ebene.

Der Unterschied war jedoch eine deutlich stärker ausgeprägte Intelligenz im Vergleich zu Roos und ferner agitierte Scholz als Neonazi.

Es dauerte nicht lange und beide waren unzertrennlich. Roos klebte an seinen Lippen und hörte sich die Nazitheorien mit wachsender Begeisterung an. Er hatte nun einen Hafen für sich gefunden und schloss sich der Gruppe um Scholz nach der Entlassung Mitte der Neunziger an.

Im Jahr 1998 bekam Roos die Nachricht vom Tod seiner Mutter und er sollte den Nachlass bei Gericht holen.

Wie erwartet gab es keine Wertsachen oder Geld; es wurde ihm lediglich ein Koffer mit den letzten Habseligkeiten übergeben, den er sofort entsorgen wollte.

Sein Begleiter Scholz aber war neugierig und so nahmen sie den Koffer mit nach Hause.

Ein paar Kleidungsstücke, Fotos und Dokumente – mehr war nicht drin.

Scholz zog zielsicher die aus seiner Sicht wertvollen Dinge heraus. Ein Foto eines SS-Mannes, offensichtlich Werners Vater, und eine mysteriöse Handskizze.

Darin war ein Punkt eingezeichnet und das Wort „Polizeisender" stand daneben. Darüber vermutlich eine Eisenbahnlinie und ein bewaldeter Hügel.

Auf der linken Seite war ein Zylinder eingezeichnet und daneben das Wort „Raketensilo".

Auf der rechten Seite befand sich ein Rechteck und das Wort „FLS". Am unteren Ende war ein Fluss eingezeichnet und mit „Amper" beschriftet. Und ein weiteres Wort: Milzbranderreger.

Scholz war sich der Bedeutung dieser Skizze schnell bewusst.

Ich gebe das dem Kameraden Mark. Der ist Elektrotechniker und kann uns das ganze bestimmt erklären, sagte Scholz.

Und tatsächlich bestätigte sich die Vermutung. Es war eine alte Raketenanlage der Nazis und bestimmt noch nicht entdeckt. Sonst hätten Zeitungen darüber berichtet.

Dein Vater war wohl ein äußerst wichtiger Mann, meinte Scholz und erklärte das alte Foto des Vaters zum wichtigsten Relikt im Kameradenheim.

Danach machten sie sich auf die Suche. Zuerst grenzten sie mit Hilfe von Satellitenbildern über das Internet das Suchgebiet räumlich ein und kamen zu dem Schluss, dass der Polizeisender sich zwischen Emmering und Esting befinden musste.

Das war der Referenzpunkt für die weitere Suche.

In ihrer Freizeit verteilten sie sich in verschiedenen Gasthäusern dieser Ortschaften, um vorzugsweise ältere Menschen nach dem Polizeisender zu befragen. Nach einiger Zeit stellte sich endlich der Erfolg ein.

Ein älterer Mann erinnerte sich an den Sender und an die verbliebenen Fundamente an der Amper.

Scholz und Roos entdeckten dann im Frühjahr 2000 bei einer Wanderung an der Amper die Überreste des Funkturms. Allerdings gab es den Sender nicht mehr, da auf dem Areal mittlerweile ein Gewerbegebiet errichtet war.

An der Südseite des Gewerbegebietes konnte man die Emmeringer Leite erkennen, eine Moräne aus der Eiszeit und am Fuß der Moräne eine Eisenbahnlinie.

Das Suchgebiet konnte nun weiter eingegrenzt werden und dann entdeckten sie mit Hilfe von Metalldetektoren den Bunker mit der Feuerleitstelle in der alten, halbverfallenen Ziegelei.

Als sie die schwere Eisentür endlich geöffnet hatten, kam ihnen ein entsetzlicher Verwesungsgeruch entgegen. Roos begegnete seinem Vater auf ungewöhnliche Art.

Er nahm es aber gelassen hin und Scholz hatte mit der Uniform und den Gebeinen des Nazis weitere Artefakte für sein Kameradenheim gefunden.

Nach vielen Stunden intensiver Arbeit gelang es tatsächlich die Anlage wieder in Betrieb zu nehmen. Inzwischen hatten sie auch das Raketensilo entdeckt.

Da aber der tonnenschwere Verschluss stark angerostet war, konnten sie es vorerst nicht öffnen. Aber das sollte die Irren nicht daran hindern, die Rakete abzufeuern.

Wir werden solange daran arbeiten, bis das Scheißding fliegt und damit das Werk deines Vaters vollenden, sagte Scholz.

In seiner Verblendung glaubte er daran nach erfolgreicher Mission gigantische Forderungen an die Regierung zu stellen um den Aufbau einer großen faschistischen Organisation finanzieren zu können.

Ich werde dann der neue Führer sein und du mein Stellvertreter ! meinte Scholz und Roos stand stramm wie ein Zinnsoldat vor ihm.

Ich werde dir folgen und wenn es sein muss bis in den Tod schrie Roos und streckte den rechten Arm zum Hitlergruß aus.

Kapitel - 19
Millenium

Die alten Fundamente des Funkturms an der Amper leuchteten bleich in der Sommersonne. Davor stand nachdenklich ein
Mann und blickte gedankenverloren auf die letzten Überreste
des Polizeisenders.

Ferdinand Huth war vor wenigen Jahren aus beruflichen
Gründen in die Nähe von Frankfurt gezogen. Er hielt aber engen
Kontakt zu seiner mittlerweile getrennt lebenden Familie in
Bayern und so oft er konnte besuchte er auch die Orte seiner
Kindheit an der Amper.

Der Polizeisender existierte nicht mehr, da auf dem Gelände
mittlerweile ein Gewerbegebiet gegründet worden war.

Allein die Fundamente des Funkturms am Fluss waren noch
übrig und hielten die Erinnerungen am Leben.

Huth war tief in Gedanken versunken, als sich ein anderer
Mann näherte.

Einen schönen Tag wünsche ich, meinte Ernst Senga, dessen
Hobby die Erforschung von sogenannten „Lost Places" war.

Man kam schnell ins Gespräch und Senga hörte mit großer
Aufmerksamkeit den Geschichten von Huth rund um den Sender
zu.

Da ist noch was, sagte Huth mit ernster Miene nach einer
Weile.

Ich habe da noch ein altes Foto von dem Turm und vor wenigen Wochen ist das Foto auf den Boden gefallen. Dabei platzte der Rahmen auseinander und ich fand eine versteckte Skizze mit merkwürdigen Eintragungen wie Raketensilo und Feuerleitstelle.

Senga war nun wie elektrisiert und nahm Huth das Versprechen ab, dass man sich bald wieder treffen sollte um gemeinsam der Sache nachzugehen.

Und tatsächlich fuhr Senga wenige Wochen später zu seinem neuen Kumpel.

Zuerst schwelgte man in der Vergangenheit und Senga offenbarte eine ziemlich interessante Vita.

In jungen Jahren schon begann er mit Kampfsport, genauer mit Taekwon Do und schaffte es sogar mit neunzehn Jahren deutscher Meister zu werden.

Danach war die Teilnahme an einer Europameisterschaft geplant. Eine schwere Verletzung verhinderte jedoch die sportliche Karriere und Senga beschränkte sich auf den Betrieb eines Dojos neben seiner eigentlichen Tätigkeit im IT-Bereich eines größeren Konzerns.

In den letzten Jahren jedoch war er dann mehr mit seinem neuen Hobby beschäftigt, der Suche nach „Lost Places" und der Ergründung der Geschichte dieser Orte.

Huth selbst hatte in seiner Jugend auch Taekwon Do trainiert, jedoch mit deutlich weniger Erfolg.

Nach der Trennung von seiner Familie war er in die Nähe von Frankfurt gezogen, um dort ein Großprojekt zu betreuen und ein neues Leben samt Lebensgefährtin und neuer Wohnung aufzubauen.

Nun saßen beide in Huth's Wohnung und betrachteten die Skizze.

Über dem Fluss war ein Punkt eingezeichnet und mit Polizeisender beschriftet.

Darüber in südlicher Richtung befand sich eine Eisenbahnlinie und links von dem ehemaligen Bahnwärterhaus ein Zylinder und das Wort „Raketensilo".

Auf der rechten Seite war ein Viereck mit dem Vermerk „Feuerleitstelle" eingezeichnet.

Verdammte Scheisse sagte Senga, das ist eine alte Raketenanlage. Das Feuer war nun geweckt und man verabredete eine Suchaktion, die wenige Wochen später gestartet wurde.

Senga hatte einen Metalldetektor mitgebracht und die Suchaktion wurde am ehemaligen Standort des Polizeisenders gestartet.

Beim ehemaligen Bahnwärterhaus an der Bahnlinie ging es bergauf weiter in südöstlicher Richtung und nach wenigen Hundert Metern hörten sie plötzlich ein merkwürdiges Brummen im Wald.

Sie arbeiteten sich durch das dichte Unterholz näher heran und aus unerklärlichen Gründen versuchten sie dabei so leise als möglich zu sein.

Die Vorsicht stellte sich schnell als begründet heraus. Aus der Deckung heraus konnten sie einen in Tarnfarben gestrichenen ziemlich großen eisernen Verschlussdeckel erkennen.

Daneben war ein offenes Silo und davor stand ein Mann mit nacktem Oberkörper, der gerade ein Funkgerät aus der Hosentasche zog. An den Nazi-Tätowierungen auf seinem Rücken war zu erkennen, dass ihre Vorsicht wirklich berechtigt gewesen war.

Hey schrie Huth und rannte aus einer Deckung heraus. Was soll das ?

Der Nazi und Elektronikspezialist Mark drehte sich erschrocken um und zog eine Pistole aus dem Bund seiner Hose.

In diesem Moment sprang Senga, der sich seitlich durch das Dickicht herangeschlichen hatte, auf den Nazi zu und versetzte ihm einen kräftigen Kick in seinen Oberkörper.

Mark strauchelte nach hinten weg, ließ die Pistole und das Funkgerät fallen und stürzte rücklings in den offenen Silo. Dabei knallte er mit seinem Kopf auf die Raketenspitze und verschwand anschließend seitlich im Schacht.

Huth und Senga gingen hinterher und schauten in das Silo.

Die Rakete hatte keinen Gefechtskopf. Dieser war wohl in den Wirren der letzten Kriegstage verloren gegangen. Das Silo war halbvoll mit Wasser gefüllt und nun lag darin ein weiterer Nazi mit weit geöffneten Augen im rot gefärbten Wasser.

Glück im Unglück, meinte Senga. Das Ding da ist gar nicht einsatzfähig.

Gott sei Dank schnaufte Huth, diese Irren können somit kein weiteres Unheil anrichten.

Aber wenn sich hier ein Typ zu schaffen macht, dann sind bestimmt andere in der Feuerleitstelle. Huth sah Senga kurz an und beide wussten was nun zu tun war.

Huth steckte die Pistole und das Funkgerät ein und dann gingen sie weiter den Hügel hinauf, bis sie an einen Wirtschaftsweg gelangten.

Den kenn ich von früher sagte Huth. Wir müssen hier weiter und zeigte in westliche Richtung.

Nach wenigen Metern fanden sie versteckt am Waldrand ein geländegängiges Motorrad. Komm sagte Huth, damit geht es schneller und beide bestiegen das Krad.

An der ehemaligen Ziegelei konnten sie die Lage schnell erfassen. Im hinteren Bereich stand ein schwarzer Pickup mi diversen Gerätschaften auf der Ladefläche und dahinter fanden sie den Zugang zum Bunker.

Scholz und Roos waren gerade mit den Apparaten beschäftigt als die zwei Männer in den Bunker stürmten.

Am schnellstens reagierte Roos. Er packte den deutlich kleineren Huth und schleuderte ihn an die Wand. Huth sackte besinnungslos in sich zusammen.

Inzwischen war Senga an den beiden vorbei in den Raum gerannt. Scholz ging sofort in den Angriff über, aber zwei gezielte Tritte von Senga beförderten ihn in das Reich der Träume.

Allerdings kam nun Roos von hinten an Senga ran und nahm diesen in den Schwitzkasten und drückte zu. Senga schrie vor Schmerzen und wusste instinktiv, dass er bald nicht mehr am Leben sein sollte.

Diverse Schläge mit den Füßen und Ellbogen verpufften im Nichts. Sein Gegner schien keinerlei Schmerzen zu spüren und dieser drückte noch fester zu.

Inzwischen war Huth wieder bei Bewusstsein und sah sofort den Todeskampf seines Kumpels. Er zog die Pistole aus seiner Jacke und drückte viermal ab.

Zwei Kugeln schlugen im Rücken von Roos ein und zeigten keinerlei Wirkung. Eine weitere aber traf sein Genick und da fiel der hünenhafte Nazi tot in sich zusammen und Senga konnte wieder Luft schnappen.

Die vierte Kugel jedoch hatte den am Boden liegenden Scholz mitten im Kopf getroffen. Ein Kollateralschaden im positiven Sinn.

Senga und Huth hockten noch eine Zeitlang am Boden des Bunkers. Danach standen sie wortlos auf, schalteten die Geräte ab und zerstörten alles mit einem Brecheisen.

Davor hatten sie noch den Verschluss des Silos zurückgesetzt.

Die Bunkertüre wurde verschlossen und wieder lag ein toter Roos auf dem harten Betonboden. Diesmal aber für immer, denn Huth und Senga schaufelten alles sorgfältig zu, sodass man den Eingang nicht mehr erkennen konnte.

Als später der Rest der Ziegelei abgerissen und alles eingeebnet und bepflanzt wurde, ahnte keiner der Bauarbeiter etwas von dem schrecklichen Geheimnis.

Wir müssen noch alles verschwinden lassen und das Silo tarnen, sagte Huth und so fuhren sie mit dem Pickup in den Wald zurück. Das Motorrad und diverse Werkzeuge hatten sie vorher auf das Fahrzeug verladen.

In einer schweißtreibenden Aktion schaufelten sie eine große Menge Erde auf den mittlerweile verschlossenen Silo und als es schon dunkel wurde fuhren sie davon.

Und was nun fragte Huth, wohin mit dem ganzen Zeug ?

Mach dir keine Gedanken, sagte Senga. Ich kenne da außerhalb von München einen Typen mit einem Schrottplatz. Der ist mir noch einen Gefallen schuldig.

Spät in der Nacht erreichten sie den Schrottplatz und Senga holte seinen Kumpel aus dem Bett.

Charly du musst uns helfen, meinte er und erklärte kurz sein Anliegen, ohne auf bestimmte Details einzugehen. Charly musste nicht alles wissen.

Er erkannte aber sofort die Brisanz der Angelegenheit und versprach seinem Freund, dass alles in Einzelteilen zerlegt und in alle Richtungen verkauft wird. Damit wäre es so gut wie unmöglich, Spuren zu verfolgen.

In den Zeitungen wurde nichts über vermisste Personen berichtet. Die Nazis mussten absolutes Stillschweigen wahren und konnten daher keine Vermisstenanzeige stellen.

Diverse Suchaktionen in der Emmeringer Leite hatten den Nazis auch keinen Erfolg gebracht und so gab man sich irgendwann mit dem Verschwinden der Kameraden zufrieden.

Im Herbst 2000 trafen sich Huth und Senga zu einer wichtigen Mission.

Sie pflanzten auf dem Raketensilo einen Kastanienbaum und nannten ihn „Neue Hoffnung" im Gedenken an Held und dessen Bemühungen um den Frieden.

Vielleicht bringt das was, meinte Huth und Senga sagte ja, gerade im Hinblick auf die großen Herausforderungen der Zukunft.

Beide saßen noch eine Weile auf dem Silo, tranken ein Bier und starrten gedankenverloren vor sich hin.

Als es dämmerte fuhren sie weg.

Jeder in seine Welt.

Inhaltsverzeichnis

Kapitel 1   Der Polizeidirektor

Kapitel 2   Die Entscheidung

Kapitel 3   Clara

Kapitel 4   Der Bau der Anlage

Kapitel 5   Übernahme und Einzug

Kapitel 6   Die Anlage geht in Betrieb

Kapitel 7   Erster militärischer Auftrag

Kapitel 8   Der Untergang der menschlichen Kultur

Kapitel 9   Operation Gericht

Kapitel 10   Angriff auf London

Kapitel 11   Mary

Kapitel 12   Vorhang zu

Kapitel 13   Karriere eines Psychopathen

Kapitel 14   Unternehmen Maulwurf

Kapitel 15   Friede auf Zeit

Kapitel 16   Wahnsinn bis zum Ende

Kapitel 17   Nachkriegszeit

Kapitel 18   Saat des Bösen

Kapitel 19   Millenium

Zeitfracht Medien GmbH
Ferdinand-Jühlke-Straße 7
99095 Erfurt, Deutschland
produktsicherheit@kolibri360.de